知止不殆：
我的人生之路

王林生◎著

SPM
南方出版传媒
广东人民出版社
·广州·

图书在版编目（CIP）数据

知止不殆：我的人生之路 / 王林生著. —广州：广东人民出版社，2019. 12（2023.1重印）

ISBN 978-7-218-13929-6

Ⅰ.①知… Ⅱ.①王… Ⅲ.①回忆录—中国—当代

Ⅳ.①I253

中国版本图书馆CIP数据核字（2019）第235817号

ZHIZHI BUDAI：WODE RENSHENG ZHILU

知止不殆：我的人生之路

王林生 著

出 版 人：肖风华

策　　划：王俊辉
责任编辑：吴佳欢
责任技编：吴彦斌 周星奎
装帧设计：齐力联合

出版发行：广东人民出版社
地　　址：广州市大沙头四马路10号（邮政编码：510199）
电　　话：（020）85716809（总编室）
传　　真：（020）83289585
网　　址：http://www.gdpph.com
印　　刷：三河市同力彩印有限公司
开　　本：889mm × 1194mm 1/32
印　　张：8.5 字数：250千字
版　　次：2019年12月第1版
印　　次：2023年1月第2次印刷
定　　价：59.00元

自　序

人这一生真的很短暂。一进入中年就感到日子过得飞快，眨眨眼就退休了。

我们这一代人，经历了共和国许多重大的历史事件。从三年困难时期到十年“文化大革命”，从对越自卫战到改革开放，这些不同时期的经历，在作为亲历者的我的人生中留下了独特的不可磨灭的记忆。如同一滴水可以映照太阳的光辉一样，我的经历也能反映共和国跌宕起伏、波澜壮阔的历史。

我虽在农村长大，书读得少，见识不多，但农民诚实、勤劳的品格，对我的人生影响很大：小时候，父母常告诉我要做一个老实人——一个诚实守信的人。

长大后，我对父母的告诫有了更深的理解，不论在哪里，我都以真诚的态度对待身边的人和事。这不仅使我广结善缘，不断得到朋友的帮助，而且也使我的人生立于不败之地，使我获得了幸福美满的生活。

我相信真诚能给自己带来“好运”，真诚是人的立身之本。正如《汉武帝内传》所言：“至念道臻，寂感真诚。”《中庸》曰：“诚之者，择善而固执之者也。”“诚”是立身处世的不二法门，其力量无远弗届，源源不绝。

我这个人本事不大，但做人做事比较认真。本着真诚待人、认真做事的准则，我在人生的道路上，对他人以诚相待，求真务实，逐步实现了人生的梦想和追求。

从农村到军营，这是我人生的第一个梦想成真。从穿上军装的那一天开始，我便在内心发誓，一定要认真读毛主席的书，听毛主席的话，做毛主席的好战士。“好风凭借力”，我从战士一直升到团政治主官。

从战场到市场，这是我人生的第二次转折。当遇到知识“恐慌”，难以应对瞬息万变的社会时，读书成为我追求进步的又一选择。我坚持在职学习，边工作边读书，从函授大专、本科到在职研究生，“十年磨一剑”，终于拿到了管理学博士学位。

从立志到立言，这是我人生道路的又一次跨越。当年过半百遇到事业发展的“瓶颈”时，总结人生经验，著书立说，成为我人生的又一选择。凭着丰富的工作经历，我先后撰写、出版了《中国地方政府决策研究》《中国经济社会转型的理论思考》《城市更新》《广州发展纪事》等专著。

从立志、立业到立言，我经历了人生最重要的三个黄金阶段，而且每次选择都能如愿以偿。我深切感到，是真诚福佑着我的人生，是真诚成就了我的事业，是真诚给我带来了幸福的生活。

厚德能载物，大道要躬行，百善孝为先。作为儿子，我为父母建房劈柴，让双亲安享晚年；作为丈夫，我与妻相濡以沫，携手到天荒；作为父亲，我倾其所有，培养后代，使女儿成为对国家有用的人才；作为“公仆”，我廉洁奉公，为民谋利；作为政协委员，我积极探索民主协商理论，为维护和发展人民的利益建言献策；作为公民，我遵纪守法，不害人，不损人，不贪不义之财；对于朋友，我以诚相待，以德相交。道不同，不相为谋。

纵览人生，生命诚可贵，但利民价更高。“利民之事，丝发必兴，厉民之事，毫末必去。”不论身处何职，我都力求做到在其位，谋其政，利其民。想想从政多年，我还真做了几件对人民有利的事情。在政治体制改革方面，我组织起草了全国第一个《廉政制度建设规划纲要》，策划编写了《广州办事指南》，为政务公开、群众办事打开了方便之门；在城市建设方面，我参与了广州地铁一号线的建设，策划和组织完成了康王路地下人防工程和陈家祠绿化广场建设；在文化建设方面，我策划和组织编纂了《政府决策志》《非物质文化遗产志》《珠江三角洲城市群年鉴》。也许这些事情在共和国的历史上微不足道，但其在我人生的道路上却留下了闪光的足迹，每每忆起，我都颇感自豪。

夕阳无限好，只是近黄昏。当衰老悄然而至，我看见远方山峦后的余晖依然灿烂，仿佛是生命的火光在闪烁。如同喜欢绚丽的晚霞，我喜欢暮年的人生，此时所有的故事都有结局，而未来的新生活才刚刚开始。当我微笑地再一次回眸人生，去寻找那颗壮志未酬的心，我仿佛初心犹在，热血沸腾。憧憬未来，我心依然澎湃。由衷地期待明天的阳光更灿烂。

是为序。

王林生

2018年9月26日

目 录

第一章 少年乐土

第二章 铁打营盘

第三章 反击作战

第四章 事在人为

第五章　广州“政改”

第六章　关注民生

★第一章　少年乐土

01 想捉飞机

努力搜寻儿时记忆，有一件事我至今印象特别深刻。

一天上午，我和二姐在门口的稻场上玩泥巴。忽然天空传来轰隆隆声，有点像夏天的雷声，由远及近，持续不断。我抬头张望，一个黑不溜秋的“怪物”，有三四尺长，长着两只差不多有两尺宽的翅膀，就像一只黑色的大鸟，缓慢地从屋顶上飞过，吓得我赶紧往屋里钻。

正在屋里做事的奶奶，见我惊恐万分，连忙搂着我，不停地拍着我的背说：“别怕，是啥东西啊，让我出去看看。”

奶奶牵着我的手，走到门口。我手指天空，对奶奶说，就是天上飞的那个“怪物”。

奶奶看见后，哈哈大笑说，那是从武汉飞往南昌的飞机啊，不用怕，它离我们远着呢。

是飞机，不是怪物。我心里纳闷，天空只有鸟飞，怎么会冒出一架飞机呢？那家伙好像是铁打的，铁打的飞机怎么会飞上天空呢？飞机会不会像老鹰一样下来抓鸡呢？种种疑团涌向脑海，令我疑惑不解。我心里还是担心这家伙会突然冲下来，冷不防叼走我家里的母鸡。

就在前几天，我亲眼看见一只在空中盘旋的老鹰，它一会儿在天空展开巨大的翅膀，悬停在半空，一动也不动，一会儿又抖动着双翼假装向南边飞去。突然，它一个飞快的转身，头朝下，双翼收紧，箭一般地向下俯冲，吓得地面上的母鸡四处躲藏。有一只母鸡反应较慢，被老鹰盯上了。只见它的爪子迅速展开，像两把巨大的铁钳，紧紧地钳住母鸡的翅膀，然后展开双翼向空中飞去。母鸡发出凄惨的叫声。老鹰不停地抖动着翅膀，越飞越远，消失在茫茫天边。

我在地上大喊，快来人啊，老鹰抓走母鸡了！然而，喊破嗓子也无济于事。

想起那只凶残的老鹰，我仍心有余悸。这飞机莫非也像那只老鹰会突然回头，冲下来抓住母鸡就飞？如果是这样，那我家的鸡就惨了。

于是，我心里开始盘算着如何对付天上的飞机，我问二姐，用什么东西能把飞机拉下来。“傻弟弟，飞机飞那么高，那么快，怎么能抓住它呢？”二姐觉得我的问题很怪，有点不想理睬我。我扯住二姐的衣袖，央求她：“好姐姐，帮帮我吧。”“怎么帮啊？”她反问我。我说：“我们去竹林里砍一根长竹竿，在竹竿头上绑一个钩子，明天上午在屋顶上等飞机飞过来时就用竹竿上的钩子把飞机钩下来啊。”二姐扑哧一笑：“这主意倒是不错，但竹竿不够长。”我说：“多绑一根竹竿不就够长了。”“多绑一根竹竿也没有用。你看，飞机离地面起码有十根竹竿那么高。”二姐比我大三岁，显然她比我懂得多，我有点不服气，但又想不出更好的办法，只好悻悻地又去玩泥巴了。

第二天上午，我在稻场上静静地等候飞机飞过来，想仔细看看飞机离地面有多高，是不是像二姐说的那样即使用十根竹竿也够不上它。然而等了一个上午，那架飞机始终没有从我头顶上飞过。

随后的几天上午，我照旧在门口等待飞机，希望听见轰鸣的马达声。等啊等啊，一天又一天，就是不见飞机的踪影。我彻底失望了，只好放弃了毫无希望的等待。就这样，我平生第一个幼稚的想法，不知什么时候从脑海里消失了。

02 赶超大姐

1959年9月1日，我未满六岁就报名上了连山小学一年级。记得第一天上学，妈妈把她亲手缝制的绣着虎头的书包挂在我的肩上，我搬着小木凳，穿过熊家垄，翻过一道岭，来到周家祠堂上学。

我稀里糊涂上完一年级，收到成绩单时，没想到数学不及格，离六十分还差两分，只能留级。我心里很不是滋味，觉得好丢人啊！大姐知道了，笑我是“留级狗”。这对我打击很大。我在心理发誓，读书，再也不能马虎了，我一定要认真学习。

一天中午，村里的叔叔伯伯在我家堂屋休息，没事便逗我玩儿。忠啟伯对我说：“你大姐读书好厉害啊！今年高小毕业，准备保送九江师范。你有什么理想？读书能赶上你大姐吗？”

我认真地回答：“能！我现在连山读小学，等我姐去九江读完师范，我就去黄桥读高小。读完高小，我就去瑞昌读初中，将来还有机会去南昌、北京读大学，肯定会超过我姐的。”后来这段话成了村里人茶余饭后的谈资。至今一些健在的老人见到我，还提起当年那段有趣的往事。

为了赶超大姐，我开始认真读书，用心听讲，课堂上不再搞小动作，不久我便考上了黄桥中心完小。老师说我那一届小学毕业会考成绩是连山小学历届最好的成绩，这使我们感到自豪，有了自信心。1966年高小毕业时遇上全县统考，我又以优秀的成绩被瑞昌中学录取，进入了全县最好的中学读书。后来因为“文化大革命”，我的学业被迫中断，然而，我虽然没有按部就班地考上大学，但读书始终没有停止。令人遗憾的是，大姐高小毕业没有去九江师范读书，而是回家务农了。原因是我父亲在采石场爆破时右眼被石头炸瞎，家里经济困难，大姐为了让弟妹能上学读书，自己主动辍学，从而失去了继续读书的机会。我从此也失去了追赶的目标，但大姐一直是我学习的榜样，尤其是她勤奋好学的精神，一直激励着我去不懈奋斗。

03　大炼钢铁

1958年，我的家乡掀起了大炼钢铁的热潮。武山脚下垒起了一座座土窑，高高低低的烟囱冒出了浓厚的青烟。

那时候，我看见大人们起早贪黑，砍柴，敲矿石，整天忙个不停。从家家户户搜出来的破铜烂铁，堆在村里的稻场上，不知做啥用。一棵棵合抱粗的大樟树突然从房前屋后消失了，留下了大大小小的树蔸。平日栖息在树上的乌鸦和八哥鸟不知飞到哪里去了。

望着眼前这般景象，我好奇地问妈妈："为什么把大樟树砍倒了？"妈妈说："这些树木送去炼钢铁啊。"我又问："为什么要炼钢铁呢？"妈妈说："国家需要。"我不解："炼这么多钢铁做什么用呢？""钢铁可以造机器，造飞机大炮哦。"我似懂非懂，望着妈妈。妈妈停了一会儿，补充道："我们国家落后，不如美国、英国，所以国家有计划要赶英超美。"这话我也不知道她从哪儿听来的，大概是从社员大会上听到的，她知道的就这么多，我也不明白我们国家为什么要赶英超美。

我扯住妈妈的衣角，要她带我去工地看看。妈妈见我执意要去，不忍心把我丢在家里，只好让我跟她走。妈妈手拿小铁锤，走得好快呀，我跟在她的后面，几乎一路小跑。约摸半个钟头，我们到了武山脚下的采石场。

人们蹲在地上，正在用小铁锤敲打矿石，男男女女有说有笑。乒乒乓乓的敲打声和劳动发出的愉快的笑声响彻山谷。我随手捡起一块小石头，看见褐色的石块上闪耀着星星点点的金光，心想这石头能变成钢吗？真神奇啊！怪不得大人们起早贪黑把石头敲碎，送到高炉里去冶炼，流出来的铁水竟然变成了一个个青色的铁砣砣！

工地上人们在忙，谁也不在意我。我玩了一会儿，觉得好无聊，有点想回家。但是不到收工的时候，妈妈是不会带我回家的。我只好待在工地上，东走走，西看看，直到天黑妈妈才带我回家。

走进一片树林，一股刺鼻的味道扑面而来。我问妈妈这是什么味道，好难闻啊。妈妈告诉我这是刚开采的硫黄。借着微弱的月光，我看见路边堆着一大堆黄泥土，土里渗出的黄水缓慢地流进旁边的小溪。

回到家里，我还在想着这天发生的事儿，既好奇，又觉得好玩。国家、钢铁、飞机、大炮、赶英超美，这些新鲜热辣的词儿，第一次嵌进我的脑海。

04 何时不再挨饿

小时候，我吃过人民公社的大锅饭。上小学又遇上国家三年困难时期，在我的记忆里，那几年我经常是饿着肚子上学。

1958年春季，生产队在周家庄打灶埋锅，全村人开始吃“大锅饭”。周家庄的门口堆满了刚砍下来的湿柴，孩子们跑来跑去，在柴堆里捉迷藏。几个年轻妇女系着围裙，忙着给全村人煮饭。灶膛里燃起了熊熊火焰，大锅里咕噜咕噜地冒出了水泡，不一会儿，饭煮熟了，散发出诱人的香味。

村里人提着锣罐，捧着饭盆，断断续续赶到周家庄打饭。很快，一大锅米饭被分光了，留下一层厚厚的锅巴。孩子们立即围在锅台边，双眼滴溜溜地盯住锅巴。一位大婶手持锅铲，从锅边使劲地往下铲，松黄的锅巴迅速地向锅底卷去。孩子们再也等不及了，纷纷伸出小手，一眨眼就把锅巴抢光了。

不久，爸爸打回来的不再是白米饭，而是越来越稀的粥。我看见爸爸阴沉的脸，他总是一声不吭地把铁罐放在桌子上。妈妈拿起瓢，从锅底捞起一瓢硬粥，倒进我的碗里。捧着饭碗的姐妹们，眼睛盯着我碗里的白粥，我知道她们也想让妈妈从铁罐里捞起一瓢浓稠的白粥给她们。但妈妈只瞥了她们一眼，随即把煮熟的一盆菜倒进锅里，不停地搅动，这就是一家人的正餐。当时民间有一句顺口溜：“粥稀粥稀，照见眉毛和胡须，撒了几泡尿，肚里空扁扁。”

那时候，农民吃不饱，忍饥挨饿是常事。有一天，父亲在地里干活发牢骚："天天饿着肚子哪有力气干活啊。"不知谁把父亲这句话告诉大队领导，这位领导当即组织社员到我家里把父亲批斗了大半个晚上。

1960年生活更加艰难了，大锅饭也不知什么时候停止了，家里到了青黄不接的时候，凡是能吃的东西都找来吃。姐姐下湖抓鱼摸虾、挖莲藕，上山挖野菜、摘野果，吃了上顿愁下顿。有一天生产队死了一头老水牛，牛肉被分给社员，牛蹄牛骨被丢进草丛里。我父亲把它们捡回来放进铁罐里，炖了一大罐牛骨汤，香喷喷的，在屋外都能闻到牛骨汤的香味。我一连喝了好几大碗，尤其那炖烂的牛蹄又黏又滑，好吃极了。

我有一个表姐，年方十八。家里穷得揭不开锅，她有几天粒米未进，饿得实在不行了，村里有人告诉她，你大姑家有东西吃。她满怀希望地走到我家。当她揭开我家的锅盖，看见锅里空荡荡的没有一点食物时，便扭头走了，有气无力地回到家里，当晚就离开了人世。现在想起来我仍心酸不已。

虽然我妈特别照顾她的这个宝贝儿子，总是把好东西留给我吃，但我仍然饿得发慌。一天课间休息，我饿得实在受不了，就偷偷地溜进了老姑婆家，问姑婆家里有没有吃的。姑婆从锅里拿出一个黑乎乎的东西递给我，说是用莲藕和糠揉成的粑粑。我顾不得那么多了，一把抢过来，狼吞虎咽地把它吃下去了。临走时姑婆叮嘱我："不要告诉别人我家有吃的。"

到了夏季，地里的红薯开始长个儿了。我们经常在上学和放学的路上，跑到附近的地里挖薯吃。一天上午我正在上课，突然肚子痛得不得了，便请假回家，走到道士林再也走不动了，一头栽在路边。我觉得自己快要死了，仰望天空，感到天是蒙的，地在旋转。我静静地躺在地上大口地喘着气，刚好被路过的四叔看见了，他把我抱回家，派人去叫我妈回来。

我妈在黄泥坦割稻谷，听说我病了，拔腿就往家里跑。她解开我的衣服，看见我的肚皮有许多红点，知道这是发痧。

她拿起缝衣针，穿针引线，将针尖儿轻轻地穿过肚皮上的红点，用劲一拉麻线，皮里露出雪绒般的痧。连续挑了几颗痧之后，我的肚痛减轻了。中午喝了一碗粥水，又睡了一觉，下午肚子不再痛了。

那时饥饿几乎天天如影随形。我记得妈妈坐月子，奶奶给她煮了一碗大米饭，端到妈的床前。我闻到饭的香味，口水直往上涌，眼睛直勾勾地盯着那碗米饭。妈妈看见我一副馋相，便把那碗饭让给我吃。我狼吞虎咽地扒了几口，又把那大半碗饭端给妈妈，转身冲出房间。

当时有一个简单的愿望：只要吃饱饭，让我干啥都行。

05 跟着父亲去榨油

小时候，跟着父亲去榨油是我一年中最快乐的事。每年春秋两季，当村里收完油菜籽和芝麻后，大人们便开始忙着去榨油。

一个阳光灿烂的上午，村里突然沸腾了，男男女女站在稻场上，有说有笑。十几个大男人挑着菜籽、铺盖、木柴，赶着一头大水牛，离开村庄，往檀山坳油榨坊走去。我悄悄地尾随其后，假装若无其事的样子，来到油榨坊。父亲发现我，赶我回去，我不愿回。父亲火了，扬起巴掌要打我。三伯说："别打了，留下吧，反正小孩儿在这里玩不碍事。"父亲这才收起巴掌，默许了。

这间破旧的油榨坊，孤零零地坐落在檀山边，离周边的村庄较远，若不是来榨油，平时是没有人光顾的。油榨坊比普通的农舍大很多，四周都是土砖墙，南北两面墙上各开了一个小窗户，房顶上盖了瓦，里面阴暗潮湿。有两排木柱支撑房子的天面，中间摆放着一个又粗又长的油榨。这榨是用一棵粗大笔直的樟树打造而成的，长约六米，周长约四米，油榨中间被掏空，一次至少能塞进四十多块菜籽饼。在油榨的东面有一个圆形的石碾，直径约十米，专门用来碾碎炒熟的油菜籽。在油榨西边墙角有一个大灶台，灶台上有一口径约一米二的大铁锅，这锅既可煮饭又可炒菜籽。

大人们在油榨北边的空地上，铺上稻草和铺盖，安顿之后就动手做榨前各项准备工作。有的烧火，有的检修石碾，有的整理铁箍，大家忙而不乱。

炒菜籽应该是榨油中技术含量高的活儿，一般由经验丰富的人掌握火候。三伯是全村公认的炒菜籽高手。他手持锅铲，不停地翻动着锅里的油菜籽。四伯坐在灶前时不时地往灶里添柴，两人配合默契，炒出来的菜籽既不焦，又不生，恰到好处。

忠信、忠启伯把炒熟的菜籽，一筐又一筐地往石槽里倒。石槽有一尺来深，菜籽倒多了，碾动时会往外溢，倒进一半就够了。这时我叔叔牵来水牛，给牛套上轭头，然后爬上带动石碾的木架，坐在固定的木凳上。只见他左手抖动一下拴在牛鼻上的绳索，右手挥动鞭子，轻轻地打了一下牛背。那老牛终于迈开脚，拉动石碾，不紧不慢地围着石槽转圈圈。圆圆的石碾在石槽里碾压着菜籽，发出“吱呀吱呀”的柔和的响声。这悦耳的声音，随着老牛“踢踏踢踏”的蹄声，如同美妙的音乐，长久地回荡在油榨坊里。

“叔叔，我想上来。”

“你上来做么事？”

“我想赶牛碾菜籽。”没等叔叔同意，我已经爬上了木架，坐在叔叔身边。老牛缓慢地拉着沉重的石碾，我嫌它走得太慢，从叔叔手上夺过鞭子，重重地抽了一下牛屁股。老牛吼了一声，向前跑了几步，叔叔立即扯住缰绳，牛这才放慢了脚步。走了几圈，那股新鲜劲儿过了，我便下来去其他地方玩。

有几个叔叔伯伯正在做菜籽饼。他们在地上铺上一层稻草，把铁箍放在草上，然后把碾碎的菜籽倒进铁箍里，再把稻草翻上来，盘放在菜籽上，然后在稻草外边又套上一个铁箍，菜籽饼被箍得严严实实，就像一只包好的大馅饼，虽然看不见里边的馅儿，但外面露出来的是光滑而金黄的稻草。做好的菜籽饼，一层一层地叠加在一起，堆在旁边的空地上。

第二天，吃过午饭，大家经过短暂的休息之后，个个红光满面，精神十足。开榨的时候到了。这是最消耗男人力气的活儿。大家把菜籽饼一个挨一个地塞进榨膛里，再把正方形的木方塞进菜籽饼的两头和中间。

撞击木塞是榨油的最后一道工序。在大梁的下面悬挂着一根八米长的木撞，头粗尾细，撞头被铁箍箍住，撞尾较小，呈椭圆形。有两道粗麻绳从木撞的中间穿过，形成索环。大家各就各位。只见我父亲抱住撞头，三伯捉住撞尾，另外四人分别站在木撞的两边，手抓索环。突然，父亲大喊一声：“预备起！”大家抓住木撞，使劲往后一拉，又突然用力向前一送，就像和尚撞钟一样，撞头不偏不倚正好撞在中间的大木塞上。随着“咚”的一声巨响，木塞纷纷向菜籽饼挤压过去。接着有人往松动的空间塞进木方。然后父亲又抱起撞头，大家重复之前的动作，撞头不停地撞击着中间的大木塞。菜籽饼在木塞的挤压下，发出“滋滋”的响声。经过连续不断的撞击，一滴滴晶莹剔透的菜油顺着菜籽饼的草缝渗出来，滴在油槽里。“出油了，出油了！”我兴奋地大叫起来。

从炒菜籽、碾籽、做饼，到榨油，我看见叔叔伯伯每天重复着同样的事情，他们也不觉得枯燥乏味，相反，他们总是乐呵呵的，有说有笑。我每天在榨房里跑来跑去，闻着菜油的香味，吃着用新鲜菜油炒的菜，跟大人们睡地铺，听他们讲笑话，不知不觉一个星期便过去了。

当大人们挑起满桶的菜油，兴高采烈地往回走时，我真不想离开油榨坊，那里太好玩了！回家的路上，我早已没有来时的兴奋和憧憬，有的只是依依不舍的留恋和失落。现在，老旧的油榨在农村早已荡然无存了，而留在我心里的仍是儿时对油榨挥之不去的记忆。

06 父亲买了本连环画

一天傍晚，父亲收工回来，从口袋里掏出一本崭新的“小人书”。我看见了立即冲过去，大叫：“快给我，我要看！”

父亲一声不吭，故意将手上的连环画高高举起来，在我面前晃来晃去。我有点急了，趁其不备，跳上去从父亲手上夺过连环画。仔细一看，才知道是电影连环画《无名岛》。

那年我虽然十来岁，但蛮懂事的。尽管我喜欢看“小人书”，也只是在学校偷偷地借同学的书看，从来不敢开口向父亲要钱买书。因为我知道家里穷，一分一角来之不易，不想难为父亲。

想不到父亲却主动给我买了这本连环画。当时那高兴的样子甭提了，简直无法形容。一阵惊喜过后，我手捧《无名岛》，安静地坐在大门口的石坎上，迫不及待地看了起来。刚翻几页，我就被惨烈的海战场面深深地吸引住了。

“我海军353号鱼雷艇不幸遭受重创，指导员王永智令水手长率同志们立即离艇，自己和鱼雷手林茂才驾驶快艇冲向敌舰，将‘太成号’炸沉，敌人纷纷跳海逃生。”

“敌舰长吴约翰、枪炮长冯占魁等漂泊到无名岛上，这时指导员和林茂才也上了无名岛。”随着故事情节的展开，我的心情也越来越紧张。

天色渐暗，画面和脚本开始变得模糊起来。在野外觅食的鸡群，慢吞吞地从我身边经过，钻进堂屋角落里的鸡窝。我全然不顾，似乎听不见母鸡的“咯咯”声，一心紧追故事中的主人公。正当我为指导员的寡不敌众而担心时，妈妈喊我进屋吃饭。我说，看完连环画再吃。妈妈有点不高兴地说：“全家都等你上桌，明天再看不行吗？”向来沉默寡言的父亲却开口说：“让他看完再吃吧。”有父亲支持，我没理睬妈妈，继续往后看。

“指导员通过谈判，诱敌露面，机智地将敌舰长俘获，撤离无名岛。敌援军上岛后发现解放军扬帆起航，立即返回军舰追赶。前来接应的解放军炮艇迅速开火，击沉敌舰。无名岛的英雄们历经艰险，终于战胜了敌人，回到自己的部队。”

我长长地吁了一口气，终于看完了这本连环画。几天来，《无名岛》中我军的英雄形象，不停地出现在我的脑海里，多少年过去了，仍然记忆犹新。

回忆父亲，儿时印象最深刻的就是这本《无名岛》。他一辈子只给儿子买了一本连环画。现在想起来，我丝毫没有责怪他的意思，反而更加珍惜这不可多得的父爱。至今我不明白的是，父亲在新华书店里为什么选中《无名岛》。当时的选择，一定有他自己的考虑。也许他知道我喜欢看打仗的故事，听人说《无名岛》是打仗的就买了；也许他觉得儿子长大了，应该让他长长见识；也许他觉得自己不识字，不能给儿子更多知识，心存愧疚。尽管种种猜测不一定符合父亲的意愿，但他“破天荒”地给我买回电影连环画《无名岛》，一定寄托着一个父亲对儿子的希望。

07 从小迷篮球

读小学五年级，我就喜欢上了篮球。每当下课铃声一响，我就像一匹脱缰的野马冲向篮球场。

球场条件很差，与其说是球场，不如说是一块稻田。晴天尘土飞扬，雨天满地泥浆。两头竖起的篮球架，是用两根杉树支撑起来的，木板钉在树上，球筐是当地一个铁匠打成的。然而，就是这样一个破烂的球场，却吸引了不少同学，几十个人为了抢一个篮球，常常争得不可开交，十分钟课间休息，经常投不了一次篮。想打球又打不成，当时那种心情非常难受，却又无可奈何。

于是，我便在心里琢磨着能不能自己找钱买个篮球，放学后几个小伙伴自己玩。然而，这钱从哪里弄呢？问妈妈要，妈妈肯定没有这么多钱，若几个同学凑钱买，牵扯多个家庭，也不一定凑得成。怎么办？思前想后，要钱借钱都不是可行的办法，唯一可行的是自己想办法挣钱。

一天放学，我们去檀山供销社玩，无意中发现供销社收购木籽，我突然心头一亮，有办法了。野外到处都有木籽摘，何不自己动手去摘木籽？只要把木籽卖给供销社，就有钱买篮球了。想到这里，我心里很激动，恨不得马上就干。我立即返回村里，与几个小伙伴商量，他们一致同意去摘木籽。

这是一个星期天的早晨，赣北农村已是隆冬，小路两边的枯草上铺满了霜。一阵寒风吹来，我禁不住打了一个寒战。我和二腊、义其、义回等几个小伙伴，扛着竹竿，手握镰刀，挑起箩筐，去熊家垄摘木籽。

这棵木籽树长得又粗又高，树上的叶子早已被秋风吹落了，只剩下一颗颗挂满枝头的银色的木籽。一粒粒的小木籽有点像珍珠，又白又滑招人喜爱。我们在树底下做了简单的分工，两个人负责将木籽从树上钩下来，两个人负责脱粒，将木籽放入筐内。

我和二腊在竹竿上绑紧镰刀后，一起将竹竿伸向木籽树。先钩低处的木籽，然后上树，站在树杈上钩上面的木籽，整整干了一个上午，装满了两箩筐，至少有一百斤。

四个小伙伴顾不上疲劳和饥饿，抬起两筐木籽直接卖给供销社，买了一个七元八角的橡皮球。回家的路上，我们高兴得手舞足蹈，一边走一边拍球，有时还相互传递着篮球，玩玩耍耍，大家爱不释手，决定下午就去学校的球场打球。

匆匆扒了几口饭，我们便背上新篮球，飞也似的跑到学校球场。因为是星期天，球场上空无一人，正是我们大展身手的好机会，我们四个小伙伴痛痛快快地打了一个下午的篮球，直到天黑，才依依不舍地离开了球场。

这个橡皮球伴随着我们从五年级打到六年级，其间有几次漏气，我们还补了几个窟窿，继续打，后来上初中了这个皮球也不知丢到哪里去了。

现在回想起来，正是这个橡皮球奠定了我对篮球的爱好，与篮球结下一生的不解之缘。如今我年过花甲，但有时冲动起来，时不时还会重返球场，与年轻人淋漓尽致地打一场球，那种快感丝毫不减当年。

前年我突然心血来潮，网购了一个简易篮球架，安装在院子里，有空就去投投篮，过一把“球瘾”。

08 夜吃野猪肉

上小学五年级时，学校规定住读生每学期要交六百斤柴，折算人民币2元。为了减轻家庭负担，我几乎每个星期六我都要上山砍柴，从学校到山上，大约三公里。像我这么大的男孩，每次从山上顶多扛回三四十斤柴，而且途中至少休息五到六次。

又逢星期六，和往常一样，我和张华、王六森去丫髻山砍柴。张华的个头比我大，生得粗壮结实，每次砍柴他能扛回六十多斤，着实让我们这些小个子同学羡慕不已。走过弯弯曲曲的田间小路，我们钻进了丫髻山沟。浓密的灌木丛、漫山的苦竹以及密不透风的荆棘挡住了去路，我们不得不另找坡缓林稀的地方往上攀登。

突然，张华大叫一声："快来看！有头野猪躺在竹丛里。"我立即转身，向张华靠拢。仔细一看，果然有头野猪躺在那里一动也不动。这头黑毛野猪，个头不大，大约六十多斤重。猪头被村民放置的猪油炸弹炸破了，嘴唇上翻，血肉模糊。地上留下一摊血迹，我用手碰了一下猪身，软乎乎，还未僵硬，显然这头野猪死去不久。

面对这头死去的野猪，我们高兴得顾不上砍柴，想尽快把它弄回学校，改善生活。说时迟，那时快，只见张华迅速砍了一根山藤，斫了一个木棍，三个同学一拥而上，把这头野猪五花大绑起来。我和张华一前一后抬起野猪，这厮虽小，但也不轻。兜住它的山藤在木棍上晃来荡去，发出“吱吱哟哟”的响声。不久六森替换我，抬着它继续向学校走去。

到了学校，我们把野猪藏在一个茅草屋里，幸好这天是周六，同学们都回家去了，也没有被其他人看见。张华溜进学校厨房，找来一把菜刀，把野猪的皮活生生给剥了，露出了红润的肉体。这家伙不知什么时候学会了杀猪，菜刀在他手上运用自如，他动作麻利，娴熟，开膛破肚，割头砍脚，不一会儿就将野猪卸成八大块。他叫我们把野猪的内脏、肠子找个地方埋了，然后把野猪肉拿回宿舍。

张华找到一口磨红薯的沙缸，把野猪肉丢进缸里，撒上粗盐，盖上簸箕，把缸抬到宿舍的门背后放着，叮嘱我俩不要告诉其他人。

入夜，陈家畈小学格外寂静。留校的老师早早关上了房门，在昏暗的煤油灯下批改作业，这时张华小声地对我说：“你去外面拔几棵大蒜苗回来。”我悄悄地溜出了学校，来到小溪旁边的农家菜园。有一片大蒜长势喜人，蒜苗又壮又绿，叶子上有露水，我顺手拔了一根又一根，很快拔了一大把，神不知鬼不觉地回到了宿舍。

张华在学校附近找到一间废弃的茅屋，用几块砖头垒起土灶，架起铁锅，点燃柴火，然后将洗净的蒜苗、切好的野猪肉倒进锅里。张华手握锅铲，在锅里来回翻动，就这样，一大锅野猪肉被炒熟了。整个屋里弥漫着肉香，我们的口水不停地从嘴里涌出来。我们围在铁锅边，用筷子从锅里夹起油光透亮的野猪肉，大口大口地吃起来，谁也顾不上说话，只听见一片咀嚼声。不到十分钟，一锅野猪肉就被我们一扫而光。

从此隔三差五，每到夜深人静时，我们都会照例来到这间茅屋会餐。时过境迁，每当想起这情景，我嘴里的口水还会往上涌。

09 老钱柜

1966年，我考进了瑞昌中学，在报到的前几天，在我为住校准备行装的过程中，其中最令我苦恼的是没有一个行李箱，哪怕有一个能上锁的小木箱也好。

母亲似乎看出了我的心思，她心平气和地对我说："生儿，你想要的小木箱家里没有，要么去码头买一个，要么找木匠做一个。但在两三天内找人做也来不及啊，不如把家里的老钱柜搬到学校先用着。"

我知道母亲说的那个钱柜，但我不知它是哪一代传下来的。1954年长江发大水，老屋被大水冲垮了，而这个钱柜却没有被大水冲走，成了传家宝。

这个钱柜是用樟木做的。箱子四角包有铜片，箱子表面涂有黑漆，一把被岁月磨得发亮的铜锁，牢牢地锁着这个黑乎乎的木箱。这个钱柜虽然只有两尺高三尺长，但可以放很多东西。我上小学五年级住读时曾经用过它。说心里话，我真不想把那个老钱柜带到县城去，我觉得用这老古董，有点丢人。我想去买一个好看的小木箱替代那个老钱柜。于是我鼓足勇气对母亲说："还是买一个小木箱吧。"

母亲望着我，面露难色。买一个木箱起码要三五十元，这对她来说不是一个小数目。为了凑足我的学费，前几天她悄悄地钻进生产队的竹林剥了几斤棕，背到供销社卖了十几元，终于凑够了学费。如果买木箱，那学费可能不够，我理解母亲此刻的难处。

正当我有点为自己的冲动后悔时，母亲却和颜悦色地对我说："生儿，明天早上我们去码头镇。"

次日吃过早餐，我们娘儿俩上路了。从家里到码头镇有二十里路，走着走着，阳光越来越厉害，像烈焰似的，烤得我汗流浃背。但想到要买小木箱，我完全不顾夏日的炎热，紧跟母亲的脚步终于赶到了码头。

码头镇就在长江边上，对面是湖北省武穴。我是第一次到码头，对一切都感到新奇。虽然这个镇不大，商铺就那么几间，但在我的眼里，这地方俨然就是一个大城市。一条直街，不足百米，商铺就在街道的两边，街上行人来来往往，倒也热闹。

我顾不上欣赏眼前的街景，到处打听，找到了一间木器社，希望在这里能买到一只木箱。找遍整间厂房，没有看到木箱。是不是缺货？我有点不甘心，便问一个老师傅，这里不做木箱吗？老师傅告诉我，不做，你去问问另一间木匠铺有没有。

顺着老师傅指引的方向，我和母亲找到了这家木匠铺，同样没有见到我想要的小木箱。此刻，我彻底失望了，极不情愿地对母亲说："妈，我们回家吧。"

当我们拖着疲倦的身子回到家时，天色已近黄昏。此刻我的心情糟糕透了，连饭也不想吃，一个人独自倒在床上，想到那只小木箱居然与我无缘，心里就难过。但转头一想，只怨自己运气不好，还能怪谁呢？

去学校报到的那天上午，我和母亲抬着那个沉重的老钱柜，一步一步地走到了瑞昌中学。这十来里路，虽然不长，但我每迈出一步都是那样的艰难，仿佛稚嫩的肩膀扛的不是钱柜，而是沉重的历史包袱。

当我把钱柜放进初一（1）班的宿舍时，我发现它的确与众不同，这钱柜就像一位年迈的老人突然走进一群英姿勃发的少年中间，多少显得有些格格不入。就这样，那个古老的钱柜，伴随了我很长一段时间的求学之路。

10 踩水鱼

冬天到了，梧桐树的叶子早已掉光了，只剩下光秃秃的树干和横七竖八地伸向天空的树枝。自从停课闹革命后，造反的造反，串联的串联，回家的回家，留在学校里的学生寥寥无几，空荡荡的校园，早已十室九空，只有校门口传达室的老头儿还在坚守岗位。

一觉醒来，太阳升到半空，我揉揉眼睛，百无聊赖地走出宿舍。阳光洒满了青灰色的树枝和闪着寒光的草地，落在瓦上、草地上的霜开始融化了。我大叫："小汪，天气好，我们出去遛遛吧。""好的！"小汪应声而出。

小汪和我是同班同学，他是山里人，皮肤黑，个头比我略矮一些，生得结实、机灵，平时话不多，比较沉稳老练。好多同学外出串联了，我们俩却待在学校里，每天不是打球就是逛街。

出了校门，有一口大鱼塘，塘水差不多放干了，显然塘里的鱼早已被县水产局抓走了，塘底还留下一尺多深的水，一层薄薄的冰，在阳光下像一面镜子闪闪发亮。忽然小汪灵机一动，拉着我的左手，朝鱼塘走去。我问："干啥啊？"他说："下塘踩水鱼。"这塘真的有水鱼吗？我半信半疑地跟着他走到鱼塘边。我们卷起裤脚，脱掉棉鞋，慢慢地下到鱼塘里。塘里的水很冰，冰得像锥子一样扎进小腿。但踩进塘泥里的脚板，不仅不觉得冷，甚至有一点温暖的感觉。

小汪蛮有把握地告诉我，踩到水鱼时，首先要分清水鱼的头尾，如果水鱼朝前爬行，说明头在前面，这时你得弯下腰，把手伸到水鱼尾部，抠住它的尾巴两侧，就可以把水鱼抓起来。山里人比湖边的人还懂？我有点不服气。虽然我没有踩过水鱼，但冬天我到湖里抓过鲫鱼，想起来蛮有趣：划着一条小船在浅浅的湖水里来回晃动，突然船边不远处涌出一团浑水，顺着水浑的地方下手，准能在泥里抓到一条鲫鱼。虽然小汪在湖里抓鱼不如我，但对踩水鱼熟门熟路，而且说得有鼻有眼，我不得不佩服他。

我们在鱼塘里不停地移动脚步，踩来踩去，一团团浑水从底下冒上来，不一会儿塘水就被我们搅浑了。大约十分钟后，小汪高兴地叫起来："踩到啦！踩到啦！"只见他弯腰伸手，迅速将一只大水鱼拎出水面。这厮时而伸出脖子，摇头晃脑，时而又缩回鱼头，深藏不露。四只脚爪在空中蹬来蹬去，但始终没有逃脱小汪的手掌心。

看见小汪踩到水鱼了，我顿时信心大增，希望快点踩到水鱼。不久，我感觉脚板底下踩到一个软乎乎的东西。莫非踩到了水鱼？我大叫："有了！"那厮正使劲向前爬，企图逃走。我哪能轻易放过它。我使尽全身的力气踩住它，不让它挪动半步。按照小汪教的方法，我立即弯腰将右手伸进水鱼的尾部，用拇指和中指抠住鱼尾两边的凹槽，拎起了水鱼。

没料到，不到一个小时就踩到了两条大水鱼，我们高兴得不得了。小汪问我怎么处理它们，我说，卖了，下馆子。小汪说，好主意！于是，我们从旁边扯了一根柳条，穿过水鱼的尾部，将两条水鱼串在一起。我拎起它，有点儿沉，足有三斤多重。

走到县城东门口，我开始吆喝："卖水鱼了，一元一只。"有人开始打量着这两只水鱼，但好像没有买的意思。

也许他们嫌贵，囊中羞涩。我们一边吆喝一边朝内街走去，终于有一个中年男人开口："我买了。"他掏出两张皱巴巴的一元纸币，交给了小汪，然后从我手上拿走了水鱼。望着那个得意的男人渐渐消失的背影，我突然有点若有所失，心里很不是滋味。

我们拿到两元钱，一溜烟儿钻进了瑞昌饭店。这是唯一的国营饭店，也是县城最好的餐馆。中午吃饭的人很多，我们找了一个地方坐下来，向服务员要了半斤卤牛肉，二两烧酒，另加两碗米饭。我们两个面对面地坐着，慢慢地吃着牛肉片，时不时地喝一口小酒，令周围的食客羡慕不已。

面对那些怪异的眼神，我们俩有一点儿不好意思：两个中学生本来应该坐在教室里好好读书，却跑到这儿吃喝。如果不是那场动乱，也许人生中不会留下如此美好的回忆。

11 寻找“变天账”

1966年下半年，无产阶级“文化大革命”在全国如火如荼地展开。我记得进初中大约上了一个月的课，自己就投身到“文化大革命”之中。当时矛头主要指向“三家村”，批判吴晗、邓拓、廖沫沙。对这三个人，我完全不认识，也不知道他们放了哪些“毒”，就稀里糊涂地跟着高年级同学写大字报。一时间学校的橱窗，教室里的走廊被大字报糊满了。白纸黑字，铺天盖地，大批判的浪潮迅速席卷了整个校园。

一天下午，我们学校组织红卫兵抄家，走在前排的同学扛着红色的横幅，上面写着“将无产阶级‘文化大革命’进行到底”，跟在后面的同学浩浩荡荡走出校门，沿途不停地高呼口号，缓慢地从城东门走到西门，来到一个资本家的大宅，准备寻找“变天账”。

这幢青砖黑瓦的建筑，分为前室后院，东西两厢有卧室，地上铺有浅黄色的防潮砖，楼上面铺上木板，里面没有人住。整座宅子阴森森，空荡荡，散发出霉味。大批的红卫兵鱼贯而入，翻遍院子、房间的各个角落。有的用洋镐撬开庭院的地砖，有的爬上楼翻箱倒柜，有的寻找夹墙。大家只有一个目标：快点找到资本家的“变天账”。

说实话，我对城市资本家没有任何概念，不知道他长成啥样子，也不知道他是怎样剥削工人的。对农村地主倒是印象深刻，知道四川地主刘文彩靠收租设水牢迫害农民，知道小学生刘文学为了维护集体利益被地主杀害。因此，从小我对地主恨之入骨。但对资本家想复辟资本主义，除了义愤之外，知之甚少。不过有一点是知道的：谁想复辟资本主义谁就是我们的敌人，我们就要同他斗争到底。

正是抱着这样的信念，我们来抄资本家的家，看看他的“变天账”藏在何处，不找到他们复辟的证据决不收兵。大家东瞧瞧西敲敲，不放过任何一处疑点。有一个红卫兵在楼上敲打一面墙壁时，突然听到里面有空洞的回响。他兴奋地大叫：“我找到夹墙了，快来人，挖开它！”楼下拿着洋镐的红卫兵听到楼上有人叫，立马奔上楼，敲开墙壁上的青砖，很快拆开一个口子。这里果然是一块夹墙，足有一尺多宽。有人找来手电筒往里一照，发现不远处有一堆发黄的废纸，莫非那堆废纸里面有“变天账”？大家不约而同地想到一起了。挥洋镐的红卫兵越干越有劲，连续扒下十几块砖，终于接近了那堆废纸。一个红卫兵立即上去，把那堆废纸从夹墙里搬出来，小心翼翼地翻动着那些陈旧的纸张。里面真的有几张写满数字的账页，还有民国县房管局颁发的房契。真是功夫不负有心人！这些东西足以证明资本家复辟资本主义的企图。

找到了“变天账”后，大家欢呼雀跃，奔走相告，高兴得放下手上的工具。大家不再挖地三尺，不再东寻西找，而是纷纷围上来，都想看看“变天账”的内容。然而，领队的却指定专人保管“变天账”，不让看。当时我虽然在场，但也没有看清“变天账”的具体内容，多少有点遗憾，但那天的战果足以让我们兴奋好几天。

在夕阳的映照下，兴奋的红卫兵队伍扛起横幅，带着战利品，高唱《大海航行靠舵手》，阔步向前，满载而归。

12 放哨

十七岁那年，长江南岸的丘陵、湖边，一片秋色。瑞昌武装部正在举行一场声势浩大的民兵演习，重点演练行军、防空、警戒等军事课目。一天上午，连山民兵连安排我在凤凰岭路口放哨，盘查过往行人。

我手持五六式半自动步枪，警惕地观察周围的动静。秋风从山坡上刮过，长在田头地边的茅草开始枯黄，而远处的竹林依然翠绿。一只黑色乌鸦“呱呱”地叫着，从头顶飞过，落在附近村头的一棵苦楝树上。我嘟囔着：“大半天了，连人影儿都见不到，哪有人会路过这里。”

正当百般无聊时，我忽然眼前一亮。一个大姑娘肩扛一根青竹竿，从乡间的小路上向我走来。姑娘离我越来越近，形象也越来越清晰。她身材高挑，匀称，曲线分明，一块红围巾包在头上，露出漂亮的瓜子脸，红扑扑的脸蛋儿镶嵌着一对大眼睛。第一眼看见她，我就喜欢上了。

只见她衣着朴素、淡雅，上身穿白花蓝底的薄棉袄，下身着黑色布裤。她右手扶住肩上的竹竿，左手自然摆动，目不斜视，不紧不慢地走到我的面前。

我的心剧烈地跳动起来，涨红着脸问她：“你去哪里？”她停下脚步，不慌不忙地回答：“去连山咀周家。”

“从哪里来？”

“檀山坳。”说完，她扭着屁股走了。我傻傻地站在路边，一时语塞，竟找不出合适的话继续问她，眼睁睁地看着她从我身边走过，心里有一种怅然若失的感觉。

这是我平生见到的最漂亮的农村女孩儿。等缓过神儿来，我后悔没有问她叫什么名字，今后去哪儿找她呢？

望着她渐行渐远的背影，我心里开始胡思乱想起来。我把她跟从前人们给我介绍的对象作比较，真的，没有一个有她漂亮。

就拿北港村那个女孩儿来说，她虽然眼睛很大，脸蛋儿长得也不错，但身材矮小，有些胖。跟她在一起劳动时，我曾喜欢过她，但并不完全上心，她在我的心里似乎可有可无。

熊家村那个女孩儿，跟我是同学，比我小一岁，她对我倒是有点儿意思，经常有事没事主动跟我聊几句。但我嫌她是南瓜脸，圆圆的，身材也不好看，没领情。

再往远一点说，在我十岁的时候，就有人开始为我说亲（介绍对象），想把蒋家木匠的女儿说给我。我偷偷地去看了一次，见她右眼角上有一块疤痕，扭头就往回跑，自然不想同疤痕女孩儿过一辈子。我虽然没有答应这门亲事，但想起这事就觉得害羞，见到她爸爸来生产队做木匠活儿，就远远地躲开他，生怕撞到他会尴尬。

我越想越觉得，还是刚才见过的那姑娘漂亮，如果娶她做老婆，这一生也就心满意足了。此刻我越来越后悔没有拦住她，跟她多说几句话，尤其在这荒山野岭，即使动作粗鲁一点，也没有人晓得。如果大胆地对她说“我喜欢你”，也许她不会当面拒绝，至少还会给她留下深刻印象，为以后求爱打下基础。然而，现在一切都晚了，我懊丧不已，心里暗骂自己无能，这么好的姑娘居然让她轻易地从身边溜走。

看着她即将消失的背影，我的心越发跳得厉害，真想冲上去，叫住她，但始终没有勇气喊出口。不久，她便越过了对面的山梁，红色的围巾在她的后脖上随风摆动，渐渐淡出我最后的视线。这一瞥，使她那美丽动人的形象，深深地刻在我的脑海里。

民兵演习结束后，我带着失望的心情从凤凰岭往家走，幻想能在回家的路上遇到她。那天晚上，我心情糟糕透了。一会儿完全失望，一会儿似乎又有点希望，一会儿后悔不已，一会儿又想到今后可能还会碰到她。我就这样在被窝里翻来覆去，不断地想起那个头包红围巾的姑娘，彻夜未眠。我这辈子再也没有见过她。

13 挖长河

1970年秋季，为了根除水患，解除洪水对瑞昌县城的威胁，县革委会决定在城南边开凿一条东西走向的长河。为此，县革委会动员全县民兵和生产队的壮劳动力会战。那时我担任生产队的会计，也被队长抽调到挖河队伍。

我们自带劳动工具、粮菜和铺盖，住在大塘一个农民的瓦屋里。女的睡在房子里，男的睡在堂屋的阁楼上，铺挨铺，“一”字儿排开。上下楼全靠一个单人木梯，稍不留神就会掉下来。

第二天天没亮，我们就被队长叫醒，匆匆吃个早饭就上了工地。只见从东到西到处是迎风招展的红旗，一眼望不到边。工地上早已是人声鼎沸。人们挑起满载黄土的畚箕，吆喝着向北边的坝基奔去，卸下土后又转身飞快地跑回来装土。来来往往，相向而过的人流，在各个生产队的工地上，像无数条黑色的蚂蚁穿梭在十里长河的工地上。

没有一台挖掘机，也没有一台推土机，而是仅靠农民用锄头、铁锹、畚箕、扁担这些最原始的劳动工具，把长十里、宽一百米、深十多米的长河挖出来，这的确是一项艰苦卓绝的工程。然而奋战在工地上的农民，士气高，干劲足，不怕苦，不怕累，毫无怨言。工地上的高音喇叭不停地广播着好人好事，宣传“一不怕苦，二不怕死”的精神。

我连续干了三天，整个人累得不得了。肩膀磨破了皮，腰酸腿痛，一担土压在肩上痛得龇牙咧嘴，想偷懒都没有机会。整个人就像一台机器，一旦开机了就得不停地转动，除非队长叫停才能坐下来休息。

有一天早晨，我和叔叔睡过了头，到工地晚了十分钟。这可不得了。迟到的事很快被大队民兵连长知道了，休息的时候他走过来严厉训斥了我们俩，说我们偷懒，要处罚我们，让我俩在社员面前罚站十五分钟。当时我的两个被打成现行反革命的姐夫也在工地接受改造，他们挑着一担土正好路过这里，看见我和叔叔（他是志愿军老兵）被罚站，心里很不好受，只好扭过头，假装没看见。

白天我们不停地挖土，挑担，晚上回到漆黑的堂屋，要么蒙头大睡，要么听精力充沛的男人夸白（意为扯淡）。他们天马行空，无所不扯，谈论的话题多数与女人有关。

一天晚上，我躺在被窝里听叔叔伯伯们摆龙门阵。三伯讲起他们年轻时的风流事。他说，那时的农民很快活呀，吃过晚饭，他们身穿黑长袍，头戴黑礼帽，三五成群到别的村庄转悠。三伯继续说，男人嘛，谁不想寻花问柳，看见谁家的大姑娘小媳妇漂亮，就往谁家钻。如果与小寡妇粘上了，这一晚就不用回家了。我问："三伯，你碰到小寡妇了吗？"三伯笑而不语。旁人插话，他不光是碰到小寡妇，还有小媳妇儿呢。说得大家又哈哈大笑。也许是白天干活太累了，我听着听着就睡着了。

集体劳动也是很愉快的。每当休息时，小伙子大姑娘们坐在一起，少不了打情骂俏。有的甚至动手动脚，不时爆发出尖叫声，责骂声。有一回，一个小伙儿摸了一个姑娘的胸部，没想到这个平时斯斯文文的姑娘勃然大怒，操起一根扁担，吓得那小伙子抱头鼠窜。那姑娘紧追不舍，口里不停地大骂：“你找死！胆敢欺负姑奶奶！”那小伙子停下来不停地求饶。姑娘却不依不饶，一扁担劈下去，正好打中他的屁股，痛得小伙子哇哇直叫。

经过三个多月的奋战，十里长河基本挖成了。我们生产队的进度虽然慢一些，但也接近尾声。在工地上，团支部书记陈肇湘介绍我加入了中国共产主义青年团，十二月遇上部队征兵，我又报名参加了中国人民解放军，终于告别了沸腾的长河工地。

14 少小离家

1970年12月22日上午，连山大队欢送新兵的锣鼓敲响了，我在家里听到铿锵的锣鼓声，便走进房间，脱下身上的旧衣服，换上头天发的新军装，准备出门。

不知啥时，奶奶走进我的房间。她右手拎着一只长筒袜，左手颤抖着伸进袜筒里，掏出一把零钱。有一角、两角、五角、一元的纸币，总共有两元四角。她对我说："生儿，这点钱带上，饿了，买点零食吃。"奶奶边说边把钱塞进我的军装口袋里。

"奶奶，部队有饭吃，不用自己花钱。"我的心有点酸，泪水在眼眶里打转。这可是她老人家对长孙的一片心意啊！我知道，如果我不要她的钱，她会很伤心的。

于是，我毫不犹豫地收下了她的心意。看见她目光混浊地站在我的面前，显得十分忧伤，我只好安慰她："奶奶，放心吧，我已经长大了。"

奶奶沉默不语，转过身，步履蹒跚地走进自己那间昏暗的房子里。想到这次离别，远隔千里，不知何年何月能见到她，我的眼泪止不住地往下掉。

奶奶命苦，年轻时生了好几个孩子都夭折了，只留下我父亲和叔叔两人。爷爷患血吸虫病死得早。她三十多岁开始守寡，那时我父亲才十二岁，叔叔十岁。为了活命，兄弟俩抬起犁下地干活。奶奶一生受了多少难，吃了多少苦，她自己从来不说。她一个人默默承担着全部家务和苦难，终于把两个儿子抚养成人。

我出生不久，得了一场大病，瘦得皮包骨。一个伯伯看见我躺在摇篮里奄奄一息，心痛地对我奶奶说："这孩子恐怕养不大了。"奶奶说："只要孩子还有一口气，我就不会丢弃他。"她从缸里舀了一瓢白米，放在磨盘里，亲手把它磨成粉。然后把米粉调成浆糊，加点盐，倒进锅里煮熟，再用茶匙一勺一勺喂进我的嘴里。在一天三次的喂养下，奇迹终于出现了，不到三个月时间，奶奶不仅把我从死神手里抢回来了，而且还把我养得又白又胖。在奶奶的精心调理下，我的身体逐渐强壮起来。

我报名参军，开始时爸爸妈妈有些犹豫，不想让我去，而奶奶没有半句反对。虽然她舍不得我离开，但她知道当兵是保家卫国，应该去。当年朝鲜战争爆发时，奶奶就支持我叔叔参军，抗美援朝。我想起了小时候奶奶跟我讲日本侵略中国的故事。一九三九年南京失陷后，日军沿长江而上，攻打武汉。我们九江是武汉保卫战的前线。有一天，几个日本兵追赶"躲反"的村民。奶奶正在地里干活，看见有人往山上跑，她来不及找合适的地方藏身，就钻进地头的刺蓬里，趴在洼地气都不敢喘大点。这时日本兵追到她藏身的地方，嘴里咿哩哇啦地乱叫。一个中年男人继续奔跑，日本兵举枪瞄准，啪地一响，那男人应声倒下，日本兵哈哈大笑。等日本兵走远了，我奶奶从刺蓬里钻出来，看见那个受伤的男人正趴在田埂边喝水，不久，就死在那里了。日本兵残忍杀害中国村民的一幕，深深地埋在奶奶的心底。现在我终于明白了，奶奶支持我当兵，是因为她知道，国家要有人保卫。

欢送新兵的锣鼓声离家越来越近了，我抹干眼泪，走出房间。爸爸妈妈和姐姐弟弟妹妹早已围在大门口为我送行。我说：“爸爸妈妈你们不要送了，让姐姐送就行了。”我一边说一边寻找奶奶，但她老人家一直躲在房里不出来。此刻，我真想再见她一面，也许这一别，我就再也见不到奶奶了。我咬咬牙，强忍泪水，不回头，昂首挺胸，离开了生我养我十七年的家。

1973年夏天，我在部队接到奶奶病故的电报后，伤心地跑到营部，请求营长江峰让我回家见奶奶一面。营长没准假。那天晚上，我偷偷地跑到连部附近的大堤上大哭了一场。现在每次回老家，我都要去奶奶的坟前烧香叩头。

★第二章　铁打营盘

15 军队也有小偷

新兵分到连队的当晚，老兵就给了我一个“下马威”。

那是1970年12月26日晚，一列运送江西九江新兵的列车，停在宝安县深圳车站。接兵部队的军官打开了车厢的铁门，我们背起背包，一个跟着一个地下到站台，列队步行到部队驻地——红岭。我被分到步兵第375团3营8连1排3班。

到了连队，刚解开背包，我就听见一阵急促的哨音，值日排长在营房门口大喊：“全连集合，点名。”

班长迅速把全班战士带到排集合地点，排长又指挥全排战士跑步赶到连队集合位置。连长郑远山点完名，宣布队伍解散。操场上到处都是没有佩带领章帽徽的新兵和即将复员的老兵，他们混在一起，场面很乱。唯一能区分新兵与老兵的标志，就是军装的颜色，老兵穿的是洗得发白的军装，而新兵穿的是崭新的草绿色军装。

回到宿舍，我检查背包，发现压在背包底下的一套新夏装不见了，我顿时紧张起来。班长罗新华知道后也有点紧张，马上跑到连部向连长报告，连长指示副指导员许秋权赶紧查找。我心情不安地坐在床边，焦急地等待着消息，希望连长能把我丢失的军装找回来。

我的新军装被偷这件事，很快在全连传开了。大家议论纷纷，有人怀疑是被复员的老兵偷走的，因为每年老兵退伍新兵来队都会发生这样的事。老兵怎么会偷新兵的军装呢？说句心里话，我怎么也不相信解放军这所大学校居然也有小偷。

当晚，我好久都没有睡着，翻来覆去地想着毛主席的号召：“工业学大庆，农业学大寨，全国人民学习解放军。”解放军是我们学习的榜样，从小我就崇拜解放军，雷锋、王杰、欧阳海、刘英俊等英雄模范人物是我学习的楷模。我曾天真地认为，解放军个个都很优秀，尤其是老兵，经过部队这所大学校的培养教育，觉悟比我高，不会干这种小偷小摸的事。我真的希望我的军装不是被老兵偷走的，也许是别人拿错了，明天早上会还给我。

想到这里，我如释重负，慢慢地进入了梦乡。一阵嘹亮的军号声把我从梦中惊醒，我一个鲤鱼翻身，穿好军装，系好腰带，冲出宿舍。出完早操，我问班长：“昨晚连长找到军装没有？”“有结果了，我会告诉你的。”说完，班长就不出声了。

过了一天又一天，眼看老兵都走完了，我的那套新军装还是没有找到。我开始埋怨起自己：真傻呀，为什么不多一个心眼儿？在发军装时，就应该在军装的口袋上写上自己的名字，即使被人偷走，也容易找啊。现在一切都晚了，退伍老兵回家的行李早已被捆得结结实实，连长不可能要求老兵开包检查，即使老兵有多余的新军装，因为上面没有写名字，也无法确认这军装就是我的。思前想后，我的心彻底凉了。

不久，部队就开拔潼湖，搞军农生产。南方天气开始热起来，我脱掉里面的棉袄，穿着肥大的冬装，投入春耕生产。由于没有夏装替换，我一天到晚只好穿着那套冬装，既不能换又不能洗，汗渍浸透了军装，开始散发出汗臭味。我向连长申请，能否补发一套夏装。连长说，不到发军装时，上面是不会补发的。

班里一位好心的老兵，很同情我，把自己一套打了补丁的旧夏装借给我穿，这才让我度过了难堪的夏秋两季。直到冬季部队发放新军装时，我才领到了合身的新夏装，这才结束了困扰我将近一年的窘境。

16 试制插秧器

进入潼湖，经过短暂的安顿之后，连队便投入紧张的春耕生产，当时连队除了一台东方红拖拉机用于耕田之外，只有最原始的耙、耖、铁锹等生产工具。一百多号人要种一千三百多亩水稻，可想而知，劳动强度有多大。

为了不误农时，及时把秧苗插下去，我们每天都是起早贪黑地下田干活，中午饭送到田头吃。按连长的分工，有的班耙田，有的班修水渠，有的班播种，比在农村生产队干活儿还要紧张，还要辛苦！因此，有的新兵发牢骚："早知道当兵是来种田，还不如让我爸来，我爸种田比我有经验。"牢骚归牢骚，但每天的活必须干完。连长郑远山就像生产队的队长，从早到晚蹲在田间地头，检查督促我们，生怕我们偷懒。

到了插秧的时候，我们先把到田里的水放干。为了使行与行之间的秧苗插在一条线上，班长让我同洪学玉负责用绳子牵线，我俩各扯住绳子的一头，一条线一条线地拉，绳子在泥巴上留下痕迹。用绳子画线，虽然直，但效率低，只解决了行距，没有解决间距。秧插下去后，行与行之间基本在一条线上，但横向的间距有点儿乱，插得歪歪扭扭不好看。

干了一天活，有点腰酸腿痛，晚上睡在阴冷潮湿的茅棚里，半夜还得起来换岗。带岗的老兵把我叫醒站岗，他一走，我就头一歪又睡着了。那段时间我非常疲倦，觉似乎永远睡不够。夜晚站岗时，我开始琢磨一件事：怎么才能解决行距与间距整齐划一的问题？我左思右想，终于想出一个办法。第二天早上，我爬起来，在一张废纸上画来画去。我设想着先做一个两米长、两尺宽的木框，在木框中间做一个能够转动的木轴，再按间距的宽度分别做若干个圆圈，固定在木轴上，最后用一根长木柄固定在木框上，当拖动木框时，圆圈就会在泥巴上留下行距与间距的印痕。想到这里，我迅速画出了一张草图，觉得可行，于是当即向班长报告了我的构思，得到了班长的大力支持。他把我的草图拿给连长看，连长看了很高兴，立即安排做过木匠的战士和我一起试制插秧器。

次日我们在仓库里找来几根木条，量好尺寸，按事先画好的草图，敲敲打打，花了一天工夫，做出了插秧器模型。连长看后比较满意，让我明早下田试用。

天刚破晓，我就扛上插秧器来到田头，脱掉胶鞋，卷起裤脚，下到田里。我双手握住插秧器的木柄，放在背后，一步一步地朝正前方走去。随着圆圈的转动，泥巴上留下了清晰可见的印痕。我回头一看，抑制不住内心的激动，大叫："成功啦！成功啦！"一块稻田在我的来回走动下，很快就划完了线。

这时太阳出来了，温暖的阳光洒满秧田，战士们挑着秧苗来到田头，按照我事先划好的线条开始插秧。过了一会儿，连长也来了。他看见插下去的秧苗整整齐齐，就像棋盘上的格子，横竖都在一条线上，便连声称赞："好哇！好哇！"高兴得合不拢嘴，当场表扬了我，并把全连稻田画线的任务交给了我。

于是每天早晨，天不亮我就起床，扛起插秧器来到田间。初春的潼湖，气温较低，下到田里，虽然有点冷，但我心里很热乎。因为我觉得自己为落实毛主席的“五七”指示，为种好田多打粮，干了一件好事，所以再苦再累心也甘。

17 夜占平潭机场

虽然部队在潼湖执行军农生产任务，但战备工作一刻也不敢懈怠。作为42军的战备值班营，我们准备打仗的弦一直绷得很紧——每个月有一次一百公里拉练，每周有一次五公里越野，平时还有射击、刺杀等其他科目穿插进行。

1971年9月14日下午四点，我们正在田间劳动，突然听见司号员吹响了紧急集合号。我们放下手中的活儿，跑回宿舍，打背包，整理武器装备。按战备要求，我们要携带一个基数的弹药。我们班九个人，要带两铁皮箱步枪子弹，一箱木柄手榴弹。不到十分钟，全排战士便都冲出宿舍（做到人走房子空），跑步到连集合点。

全连集合完毕，连长郑远山下达了出发的口令。战士们携带武器装备，向惠樟公路跑步前进。从三营驻地到公路大约有五公里，一个战士除了自身携带的武器装备之外（每个人负重有三十多公斤），还要轮流扛班里的子弹箱和手榴弹箱一路奔跑，累得上气不接下气。半个小时后，我们终于赶到营集结点。

墨绿色覆盖棚布的解放牌汽车，一辆接一辆地停靠在惠樟公路右侧，不见首尾。营长江峰按七连、八连、九连、机炮连、营部的顺序下达登车命令。

我们八连一排乘坐的车辆，处在中间位置。前面的车发动了，我们的车也跟着发动，大家坐在背包上默不做声，但心里都不平静，不知道是演习，还是真有作战任务，总之，谁也不敢问。

车队出发了，浩浩荡荡，至少有三十辆汽车缓慢地向惠州方向开进。前面车轮扬起的灰尘直往后面车厢里灌，呛得我们气都透不过来。坐在前排的战士不得不放下挡布。

到了惠州，天完全黑了。车队打开了车灯，继续前进。一条小河挡住了去路，车队放慢了速度，迂回到河边，一辆跟着一辆通过了工兵架设在河面上的浮桥。

晚上十二点左右，我们到达了平潭机场。战士们迅速下车，进入一座巨大的飞机维修库。42军副军长李洪杰操着洪亮的东北口音，向我们下达保卫机场的任务。他说，根据中央军委的命令，平潭机场由你们三营警戒，你们一定要确保机场的安全。接着空军首长表示，坚决执行中央军委的命令，确保机场保卫工作顺利交接。

各连按预先安排的交接方案，迅速到达了指定位置。我们八连驻守在机场南侧一座空出的仓库里。这里地势平缓，旁边有一座水库，跑道的两头各有地堡。当晚陆军战士就进入地堡，替换正在执勤的空军战士。

经过一夜的折腾，次日早上我们照样按时起床。出完操，我走到高地向北一望，整个平潭机场尽收眼底。狭长的跑道上停放着解放牌汽车，这些就是昨晚运送我们到机场的汽车。为什么按一定距离摆放在飞机跑道上？如果有情况，战斗机如何起降？这些问题困扰了我好几天。

不久，中共中央文件传达到部队，文件称林彪于9月13日晚乘坐三叉戟飞机出逃，在蒙古温都尔汗失事。至此，我才恍然大悟。原来我们来平潭机场执行任务，是为了防止空军出事。

有三个多月，平潭机场的飞机，没有一架起飞，也没有一架降落，这里日夜静悄悄。一天早上，我突然发现跑道上的汽车不见了，一阵巨大的轰鸣声滚滚而来，只见一架银色的歼-6战机驶入跑道，随即腾空而起，迎着初升的朝阳，飞向蓝天。

空军恢复飞行，意味着全国政治稳定。1972年冬，我部撤出平潭机场，又回到潼湖继续执行军农生产任务。

18 打猪草

连队在平潭机场执勤，每人每天只有4角8分钱伙食费，吃得好差。为了改善伙食，连长派司务长去潼湖农场抓了三头猪回来养。这三头猪被临时关在一个茅棚里，吃伙房的剩饭剩菜，也没有饲料喂它，整天饿得嗷嗷叫。

一天上午，连长见我们连部几个兵闲着没事，立即叫我："文书，你带他们去池塘里打猪草。"我二话没说，叫上卫生员、司号员、通信员，拉上板车，沿着公路寻找池塘。路上，我想起自己当兵前在家挖过野菜喂猪，但从来没听说过猪吃水草。难道连长以前打过水草喂猪？我心里揣着疑问，继续往前走。约摸走了两公里，我们看见公路边有一片甘蔗田，心想那里可能有水塘。于是，我让通信员把板车停在路边，大家徒步走进甘蔗田，果然发现一口池塘。我们沿着塘边走了一圈，看见池塘里长满了水草，一时高兴得手舞足蹈。

这塘不大，但水足有两米深。这么深的水如何把水草捞上来？我和连部几个兵围在一起商量。卫生员说："没有什么好办法，只有脱光衣服，潜入水底，把水草一把一把地扯上来。"司号员说："天这么冷，下水会冻坏身子的。"通信员似乎也不赞成下水，他建议去老百姓家借一个铁耙，站在岸上就可以把水草捞上来。

眼看接近中午，我们仍然一筹莫展。借铁耙固然是个好主意，但离周边的村庄较远，如果借不到，就白跑一趟，看来只有下水才是见效最快的选择。时间不等人，我不再犹豫了，当机立断，简单地做了分工。会游泳的来自湘江边的卫生员、通信员和来自长江边的我负责捞水草，不会游泳的来自河北省的旱鸭子司号员负责在岸上扯甘蔗叶，准备生火取暖。

我们三个人迅速脱光衣服，跳进冰冷的池塘。大家深深地吸了一口气，一头扎进水底，双手使劲地扯了一把又一把水草，又快速地浮出水面，双脚踩着水，游到塘边，把水草堆在岸上。

冬至过后是广东一年中最寒冷的时候。南下的寒流仍在南粤大地肆虐，一阵寒风吹来，即使不下水，人们也会自然地把脖子往衣领里缩，何况我们现在是光着身子泡在冰冷的水里。要说不冷，是假的。但是为了执行连长的命令，为了连队的猪不挨饿，我们别无选择，只能在水里多干一会儿。

说来也怪，我们越往下潜就越感觉底下的水是温暖的，越往上浮就越感觉水冷。我们憋住劲，下潜，上浮，再下潜，再上浮，来回不停地扯着水草。大约十分钟后，我们实在坚持不住了，便爬上了岸。

司号员点燃了甘蔗叶，熊熊火焰直往上蹿。我们围在火堆旁烤火，冻得发紫的身体慢慢恢复了红润。不冷了，我们又跳下池塘，继续捞水草。就这样，反复折腾，直到打上来的水草足够装满一板车，我们这才爬上岸穿好衣服。

当我们拉着满满一板车水草回到连队时，天色已近黄昏。虽然又冷又饿，但看见三头猪大口大口地嚼着新鲜水草，我们心里十分舒坦。原先徘徊在我心里的谜团也随之烟消云散。

从此，连部多了一个额外的任务。一有空，我们就到野外打猪草，不管是水草还是野菜，只要猪能吃，我们都把它弄回来喂猪。1972年春节，全连会餐，连长让炊事班把那头最大的肥猪宰了，我们每个班分了一大盆红烧肉，大家吃得满嘴都是油。

19 我的叔叔

1975年初夏，我从部队回家省亲，没看见亲叔叔，心里很不是滋味。原来他去彭湾参加长江护堤抗洪去了。

说实话，离开家乡五年了，回家除了见父母亲之外，我也想见见其他亲人。虽然与叔叔错过见面的机会，但他的音容笑貌如同就在我的面前。

小时候，叔叔喜欢给我讲抗美援朝的故事。他是上过战场，打过美国鬼子的人，我很崇拜他，把他当做心中的英雄。他常说，养兵千日，用兵一时。共产党员在战场上要冲锋在前，退却在后。这些话对我后来当兵影响很大。

我奶奶虽然生了好几胎，但存活下来的只有我父亲和叔叔兄弟俩。爷爷患血吸虫病死的那年，父亲十三岁，叔叔才十岁。为了活下去，兄弟俩抬起木犁去耕田播种。

叔叔从小命苦，长大后参加志愿军。一次，炊事班叫他去河边挑水，返回时遇上敌机轰炸，一块锋利的弹片飞到水桶里，险些让他丧命。复员后他被分到森林局放木排，不幸患了肺结核，在九江陆军医院治疗，病愈后回到家乡务农。

在生产队他起早贪黑，干活从不偷懒。我初中毕业就回家务农，经常跟叔叔一起干活，我们一起修过水利，去瑞昌挖过长河。我知道他有许多故事值得写。

为了让更多人知道他的事迹，我想为叔叔写一篇通讯。想到这里，我心里有些激动，于是走回房间，坐在床前，略加思索，就摊开信笺，思如泉涌，几乎一气呵成。稿子写成后，我以二弟王义明的名义寄给了《江西日报》。不久弟弟在信中告诉我，那篇通讯在《江西日报》发表了，家乡人争相传阅。遗憾的是，那张报纸弟弟当时没有保存下来，我也没有看过。

每次回老家我都要同叔叔拉拉家常。上个世纪九十年代中期，我叔叔因被人陷害说偷别人芝麻，被捉到派出所打个半死，是我父亲和村里伯伯用板车把他拖回家的，从此他落下了严重的内伤。我知道后，感到无比愤怒，立即给江西省委信访部门写信，要求严惩凶手。后来，虽然凶手被绳之以法，但我叔叔的身体却每况愈下，没拖几年他就离开人世了。

四十多年过去了，每当想念叔叔，我就想找回那篇文章留个念想。要知道，这是这个世上唯一记录我叔叔的文字，值得珍藏。

2017年6月，我的外甥女周慧琴终于在中山大学图书馆找到了那篇通讯，真是令人喜出望外！当含泪看完那篇文章，我如同见到了我的叔叔一样，心情激动得不得了。

每年清明返乡扫墓，我照例来到叔叔的坟前，插上一炷香，烧点纸钱，给他鞠躬作揖，寄托我对他的哀思。

20 清华大学的回信

1976年1月，《人民日报》发表了教育革命方向不容篡改的文章，全国各地开展了教育革命大辩论。那场大辩论也波及了军队。

一天下午，我接到团政治处通知，该通知让我去机关协助林源昌干事撰写八连团支部的典型材料。当时我在八连当排长，兼任团支部副书记。放下电话，我就赶到团部林干事的房间。向他汇报团支部工作情况，两人研究了材料的路子后，林干事认为团支部的事迹都是一些老材料，紧跟阶级斗争新形势的事例比较欠缺。他翻了翻最近的报纸，对我说："当前正值'反击右倾翻案风'，报纸上刊登了不少单位支持清华大学教育革命大辩论的信件，最好叫八连团支部也写一封信去表示我们对清华大学的支持，这样可以弥补材料不足。"我说这个主意不错。林干事赶紧让我回八连，把这个意思给指导员方锡荣说一下。我回到连队给方锡荣一讲，他也赞成这样做。

于是，我们在全连挑选了三名表现好的共青团员：一个是文书兼军械员陈康振（1977年复员），一个是一班战士杨巧文（1977年复员），还有炮排40火箭筒班战士李德柱。我通知他们到连部会议室，简单地讲了当前反击右倾翻案风的形势，怎样支持教育革命，希望他们联名写信给清华大学，他们同意写信。我问他们，谁执笔写，杨巧文和李德柱一致推荐陈康振执笔。信的初稿写成后，我对稿子作了修改。原文如下：

清华大学全体革命师生：

首先让我们向战斗在教育革命前沿阵地的师生，致以亲切的慰问，以及向革命的战斗敬礼！

伟大领袖毛主席亲自发动和领导的这场教育革命大辩论，以锐不可当之势，到处都在胜利地前进！在这场斗争中，你们立场坚定，旗帜鲜明，纷纷拿起战斗武器，挥戈上阵，口诛笔伐，狠狠反击教育界的右倾翻案风，把那些奇谈怪论的制造者批得哑口无言。捍卫了毛主席无产阶级教育路线，保卫和发展了“文化大革命”的胜利成果。我们欢呼，教育革命大辩论好得很！坚决支持你们的革命行动，把教育革命进行到底！

站在南大门，心想北京城。我们深深感到，教育革命是深刻的社会主义革命，教育战线的斗争是社会上两个阶级、两条道路、两条路线斗争的重要组成部分。在反击右倾翻案风，巩固无产阶级专政的战斗中，我们都是一条战壕里的战友。谁要是攻击“文化大革命”，攻击教育革命，我们就要同他们辩到底！谁要是污蔑我们社会主义新型大学，反对我们工农兵上大学，管大学，用马列主义毛泽东思想改造大学，我们就要同他们拼到底！

同志们，战友们，我们的命运和“文化大革命”的命运血肉相连，息息相关。你们的斗争就是我们的斗争，我们决心同你们并肩战斗，以实际行动反击教育界修正主义的奇谈怪论，保卫和发展无产阶级“文化大革命”的胜利成果。我们坚信，有毛主席党中央的英明领导，有社会上工农兵群众的广泛支持，你们的斗争一定会取得更大的胜利！

团结起来，战斗到底！

中国人民解放军53212部队77分队战士
陈康振、杨巧文、李德柱

信修改后，我让这三位战士看了，他们没有意见。我又把信念给方指导员听，他也同意。次日，我把这封信拿到团政治处给林干事看，他看过后说，可以发走了。于是我就把信寄给了清华大学。

过完春节，师政治部组织科罗兴民干事来我团，让我同他一起整理这份材料。罗干事对我说，科里经研究，认为三名团员写信的事没有效果，最好让他们把信张贴出来，党支部加上按语，号召大家学习，并统计全连写了多少大批判稿件。我按照罗干事的要求，回到连队告诉方指导员。他马上叫给养员黄晓光用红纸抄出来，并亲自提笔，以党支部名义加了按语，张贴在饭堂。

大约过了一个月，方指导员告诉我，清华大学回信了。信很短，只有几句表示感谢的话，文字是铅印的。开头称呼是陈康振、杨巧文、李德柱等同志，落款日期为一九七六年三月五日。

清华大学这封回信，只有少数人看过，并没有在全连大张旗鼓地宣传，不知啥原因。后来听方指导员说，当时在连蹲点的政治处主任李育贤（1979年对越作战牺牲）不同意在全连宣读那封信，只允许讲讲信的主要意思。

“四人帮”垮台后，邓小平重新复出。上级专门清查部队与“反击右倾翻案风”有关的人和事，我们因策划三个战士给清华大学写信，被师保卫科列入专案。当组织调查这件事时，我如实写了一份书面材料，详细交代这封信的动机与始末。我怀着忐忑不安的心情等待组织处分，没料到却平安无事。

21 相亲

提排长那年，我才23岁。在我妈眼里，像我这么大的年纪，该结婚生子了。而我连个对象也没有，她怎能不急呢？所以隔三岔五，她就让二姐夫写信，催我回家相亲。

好不容易盼到两年一次的探亲假，我回到久别的家乡。一见面，妈妈就开始唠叨了："生儿，你老大不小了，这次回来，一定要找好对象再走。"

"有没有你看得中的女孩？"我明知故问。

"有人帮你介绍了几个女孩，你一定要去见见。"妈妈生怕我不去，特意强调"一定"二字。

我说："这次回来主要任务就是找对象。请放心，我会努力去找。"

为了实现妈妈的心愿，我跟二姐夫开始安排相亲活动。二姐夫比我大两岁，我们同在瑞昌中学读书，他比我高一级，我们俩情同手足，彼此无所不谈。我问二姐夫："有合适的对象吗？"

"有几个女孩都是战友、同学、亲戚介绍的，不妨见见再说。"二姐夫对我回来相亲的事，似乎半信半疑。在他的精心安排下，次日我开始与这些女孩逐个见面。出于保密考虑，下文我只好用英文字母代替女孩的姓名。

A女孩住在县城西门口，父母是武宁县人，在瑞昌工作。傍晚，我走进她家。一间很小的客厅，摆设陈旧，一盏有线电灯吊在厅中间，电线和灯泡沾满油腻。那女孩站在昏暗的电灯旁，显得又矮又瘦，窄窄的脸蛋，小小的眼睛，低着头不停地扯着衣服的下摆，也不说话。我看了她一眼，就不想再看第二眼了。她爸爸还算热情，连忙招呼我们坐下来再谈。我找了个借口说："不坐了，我们还有其他事。"二姐夫看我急着要走，就知道没戏了。

回家的路上，我心里有点不快，对二姐夫说："怎么介绍这么丑的女孩给我，我就是打光棍也不会找她做老婆。"

二姐夫也有些后悔地说："早知如此，何必去看呢。"

B女孩在瑞昌油泵油嘴厂当工人。那天中午，我和二姐夫与她在她工厂的宿舍里见面。她穿一身蓝色工作服，中等身材，扎两根短辫，面容姣好，眼睛明亮，待人热情，说话客气。对她我倒有几分好感，当场就留下联系方式。这事很快就在工厂传开了，不料半路杀出个程咬金，我和这女孩还没开始谈就被人搅黄了。

原来这女孩的工厂，有一个退伍老兵对她暗恋已久。这男人结过婚又离了婚，正在追这女孩，但女孩不领他的情。当知道女孩准备跟我谈恋爱时，他心中妒火燃烧，在厂里公开扬言："谁敢跟她恋爱，我就跟他拼命！"

第二天我跟二姐夫准备去找这个女孩，有人拦住我，让我别找她了。我问为什么，那人就把那个复员兵如何追她一五一十地告诉了我。我听说后，觉得找这个女孩今后麻烦多，二姐夫也同意我的看法。于是，我们转身回家了。

C女孩是上海下乡知识青年，在赛湖农场医务室当医生。一天上午，我们去看她，她正在医务室整理病历，一头乌黑的短发，罩住圆圆的脸蛋，说话时露出一口整齐洁白的牙齿，身材丰满，中等个儿。见有年轻军官找她，她立即让坐，一看就是一个有教养的女孩。闲聊了一会儿，我看见有人找她看病，便起身告辞。说心里话，我对她印象挺好，如果不是因为她比我大一岁，我还真想找她。

D女孩是武山铜矿工人，是九江县人。那天晚上，她正在矿井上夜班。为了见她，我和二姐夫冒着凛冽的寒风，蹲在井口足足等了四个小时，直到半夜12点，她才从矿井上来。我们就在井口匆匆见了一面。只见她头戴安全帽，脚穿雨靴，黝黑的脸庞，浓眉下镶嵌着一对圆圆的眼睛，说话粗声粗气，身材很结实，看上去是个干粗活的料。我暗自思忖，如果我是农民，兴许会找她做老婆，但现在找她觉得不大合适。我们面对面说了几句就各自回去了。

E女孩在县委招待所工作。那天下午我去见她，她正坐在服务台低头织毛衣，见到我们时她有点害羞。我正面看了她一眼，个头不高，身着红色外套，生得眉清目秀，脸色红润，模样尚可接受，但就是年龄太小。她比我小5岁，按国家规定的晚婚年龄，等她24岁结婚，我都快30岁了。思前想后，权衡利弊，我觉得年龄是个问题，只好忍痛割爱。

眼看二十天的探亲假快要结束了，而我的对象还未确定，我妈急得团团转，我只能好言好语安慰她。离开家的前一个晚上，我们围坐在方桌前聊起家常。我妈唉声叹气，自言自语道："瑞昌那么多女孩，难道找不到一个合适的？"言语中有点责备我的意思。我有意避开她的话题，谈一些广东农村有趣的事情，而我妈三句不离本行，突然打断我的话，兴奋地告诉我："熊家村有个上海女知青，对你有意思，劳动休息常来咱家喝水，每次看你当兵的照片，都夸你好帅气。"我说："人家夸你两句，还能当真？别自作多情。”我妈有些失望，闷闷不乐，坐在凳子上低头不语。

归队的那天上午，二姐夫在送我去九江的路上，谈起我找对象的事，感慨不已。我觉得最对不起的是我老妈，因为她为我的婚事操碎了心，我却没有实现她的心愿。我对二姐夫说：“回来时间太短，很难找到合适的。说实话，好的女孩早被地方男孩找走了，剩下的我又看不上，你说我该怎么办？”二姐夫似乎不这样看，他认为我不想在老家找。这就冤枉我了。我这次回来是真心实意地想在家乡找一个，但也不能委屈自己，随便找个女孩将就了。二姐夫见我满脸无奈，只好宽慰我：“别着急，急也没用，还是慢慢找吧。”

22 一见钟情

1998年冬，结束对哈尔滨市城市建设考察之后，我特地乘火车，穿过银装素裹的东北平原，直抵沈阳，寻找二十年前的初恋情人，还一个未了的心愿。

到达沈阳的那天中午，阳光灿烂，积雪未化，寒气有些逼人。热心的出租车司机，得知我千里迢迢来沈阳看望当年部队的老首长，十分感动，于是十分热情地帮我寻找沈阳变压器厂。然而这家工厂早已在改革的浪潮中被兼并，不知去向。经多方打听，我最后找到了原工厂的人事科，从花名册里查到了老首长的住址。当我踩着皑皑白雪，顶着凛冽寒风，在工厂宿舍区七转八拐找到老首长的家时，已是暮色苍茫。

多年不见的老首长见到我，十分高兴。他马上给女儿打电话，很快我就见到了分别二十年的她。我们虽然很高兴，但内心却很平静。我镇定地看着她，她虽四十岁出头，身体微胖，但音容未改，看上去比二十年前成熟多了。我跟她爸爸聊起往事，她便站在一旁，静静地倾听。她妈见到我，似乎有点后悔，不无感慨地对她说："当年要是嫁给王干事也不错呀。"

晚上我们在附近一家餐馆吃完饭，她执意要送我回旅馆。我说："不用了，你早点回家休息吧。"她又说："那我明天上午陪你在沈阳玩玩。""明天上午我要乘飞机回广州了。"她有些失望，什么也没说，一直目送我钻进出租车。

这一瞥，差不多又过了二十年，如今我们都年过花甲，初恋留下的那段美好记忆，却依然鲜活而清晰，一想起她，我的心就会激动不已。

1977年秋，师政治部交代我一个任务，让我同群联科白干事去采写一位下乡女知青的先进事迹，她是团首长的女儿，在东莞樟木头林场工作。虽从未谋面，但在团部时我就听说她长得很漂亮。没想到，天赐良机，这次我有机会走近她。

傍晚，我怀着忐忑不安的心情来到林场，她还没收工。我们爬上吊脚楼，在竹楼上等待她。不一会儿，场领导让她上楼找我们。当第一眼看见她，我的心便像一只小鹿一样上蹿下跳，眼神有些慌乱，甚至很不自然。说实话，她是我认识的姑娘中最让我心动的一个。我赶紧让座，她连忙拖过来一张小竹椅，坐在我的对面。白干事慢条斯理地讲起这次采访要求，而我却心猿意马，不知道他说些啥。在昏暗的灯光下，我俩的目光，如同闪电，不时地碰撞，但马上又不好意思地避开了。

那年她20岁，正是如花似玉的年龄。白里透红的瓜子脸，恰似熟透的苹果；一双水灵灵、会说话的大眼睛，如同深潭里的秋波，含情脉脉；甜蜜的声音，似叮咚的泉水，落地有声；动人的笑容，像盛开的雪莲，一枝独秀；结实的身材，像南方的凤尾竹，婀娜多姿。即使用尽世上最好的词语，也无法描述她的美丽。当我们转入正式话题后，我的心慢慢平静下来。她讲起在林场的经历，娓娓道来。我不时被她不怕苦不怕累，勇挑重担的精神所打动。顿时，一幅幅她辛勤劳作的画面，出现在我的眼前：春天，她上山挖坑种树，手上磨出了硬茧；夏天，她钻进密林修剪树枝，被蜂叮虫咬；秋天，她给苗圃除草施肥，稚嫩的肩膀磨破了皮；冬天，她上山伐木，碰伤了手，砸伤了脚，从未休息一天。她的事迹传遍东莞，感动了许多人。

不知不觉，我们便谈到了夜半，而此时大家仍谈兴甚浓。因明天她还要出工，我们只好就此打住。临走时，她从口袋里掏出日记本交给我，有点不好意思地对我说：“王干事，你慢慢看吧。”

我接过日记本，如获至宝，连声道谢。夜深人静，我躺在竹楼的床上，激动地打开她的日记本，如同打开她心灵的窗户，一口气就把它看完了。这时，我仿佛跨过一道门槛，走进了她的内心世界。我看见她，就像仰望一座神圣而崇高的金字塔。我的心，完全被她无私奉献的精神所震撼，所折服。她不仅生得标致，而且精神高尚。这不正是我要寻找的姑娘吗？想着她，我彻夜难眠，整个人迷迷糊糊，不知啥时做起了美梦。

一阵洪亮的钟声把我惊醒。我爬起来，揉揉惺忪的双眼，走下竹楼，看见她正在水池边洗漱。她扭头冲我莞尔一笑，这算是跟我打招呼吧。我看见她的眼泡有点浮肿，似乎昨夜失眠了。我告诉她：“等一会儿，我们乘公交车回师部，有事，会找你。”

“好哇，我等你来信。”她欣然回答。

回到师部，我开始整理她的先进事迹材料，准备让她参加军“双先”（先进单位、先进个人）代表大会，同时我偷偷地给她写了一封激情澎湃的信，托白干事带给她。很快我又通过白干事收到她的回信。这一来一往，俩人相见恨晚，心照不宣，我们盼望着尽快见面。

这一天终于等到了。国庆节放假，我们相约在师部驻地—宝山见面。那天上午，她悄悄地潜入山脚下那片竹林，我在林中空地上找到了她。我们俩席地而坐，海阔天空，无所不谈，直到中午，我们才走出那片竹林，去黄江镇吃午饭。

不久，我们去42军参加“双先”代表大会，所有出席代表都住在西湖西南角军直属通信连。晚上我约她去郊外散步，我们来到一片干涸的田野，在皎洁的月光下，边走边聊。农民割完稻谷，留下参差不齐的稻茬。我们随手扯了一把稻草，坐在上面。她跟我说她正在学习日语，准备参加高考，不过难度很大。我鼓励她说，世上无难事，只怕有心人。只要努力学习，没有解决不了的难题。她频频点头。

深秋的田野，月光如银，秋风送爽，空气里浸透了野花的芬芳。在这迷人的夜晚，我们一会儿畅谈读书体会，一会儿憧憬着美好的未来。我甚至觉得周围的树木、花草、田园以及隐约可见的村庄，都变得亲切可爱起来。突然，她昂起头，面对我，脸上泛起红晕，天真地问：“你怎么喜欢我？”面对她直截了当的提问，我毫无准备。不过，我很快反应过来，深情地望着她疑惑的眼睛，温柔地说：“你不仅漂亮，而且人品好。第一次见到你，我就喜欢上你了。”她羞涩地低下了头。

回到师部，我盼望她的来信，然而盼来的却是一瓢冷水。她告诉我：“爸爸要转业，妈妈要带我回东北，不同意我留在广东。你说我该怎么办？”

这个问题的确难办。留在广东，她妈舍不得，就这一个宝贝女儿，母女之情难以割断。跟爸妈回东北吧，不就拆散了这对鸳鸯，南北分居，今后怎么生活呢？我确实左右为难，不知说什么好。如果硬要她留下，便显得我太自私，完全不顾她爸妈的感受。如果让她回东北，我又舍不得。考虑再三，我最后让她跟爸妈商量好了再说。

一个月后她做出选择——跟爸妈回东北，我无语。从此，我们的通信再也没有那么急切而频繁，热情就像烧红的铁块，慢慢地冷却下来。我不知道这一个多月，她的内心世界经历了怎样的冲突，也不知道这痛苦的选择是怎样做出的。尽管现实残酷，但她的音容笑貌如影随形，无法从我心里抹去。

那段日子，她跟爸妈在潼湖生产基地的营区里整理东西，准备回东北。一天，师部让我去基地了解情况，我住在招待所，离她所在的营区很近。晚上我给她打电话，告诉她我在基地招待所。她很高兴，说看完电影就来看我。没料到放完电影，天下起了毛毛细雨。她爸见外面天黑路滑，不让她来，要她明早再来找我。而我深夜却接到师政治部主任的电话，他要我一早赶回师部，跟师首长下连蹲点。第二天清早，当她来到招待所时，我已乘车离开了生产基地。就这样，我们错过了一次见面的机会。后来她在信中为那天晚上自己没来找我而懊悔不已，甚至责怪我："你明明知道我在家，为什么不来看我？难道我家有老虎把你吃了不成？"

其实，我的心也不好受。不管今后关系怎样，作为曾相爱过的朋友，在她离开广东之前，我无论如何都要见上一面，否则我的心无法安宁。当知道她爸北上的准确时间后，我准备到时去樟木头火车站为她送行。然而，苍天好像有意为难我，不给我最后一次与她见面的机会。那天早上，我正要去车站，政治部主任却叫住我，要我去师指导员培训班，一时我找不到恰当的理由推脱。就这样，我们失去了最后一次见面机会。

从此，我们天南地北，各居一方。随着时间的推移，我们慢慢地中断了联系。有时想起她，我深感愧疚，总觉得对不起她。是我鲁莽地开启了她的心灵之窗，又无情地把这扇窗户关上了。为了弥补心中的缺憾，我内心逐渐滋生了一个心愿：今后某日，我一定去东北看她！没想到成家后，我整天忙忙碌碌，无暇顾及。分别后的第二十年，我终于实现了自己的心愿，见到了久别重逢的她，这就像一个人欠了别人二十年的债，终于还清了，顿感轻松愉快。

从那次沈阳重逢到现在，又快二十年了。她还好吗？

23 找你不后悔

1979年5月，我军从中越边境撤回原驻地——广东惠州西湖。经历短暂的硝烟与战火之后，我们又回到宁静与和平的环境。

每当晚霞染红美丽的西湖，成群结队的情侣便漫步苏堤。这时我们部队的单身青年总是情不自禁地向他们投去羡慕的目光。

惠州市委宣传部有个干部打听到我还没找对象，想把他妹妹介绍给我，于是便托该部李副部长了解我的情况。这位李副部长是42军王永宁副政委的夫人，她找到军干部处朱处长，详细了解我的工作能力和家庭情况，还查阅了我的档案，觉得我人不错，有发展潜质。她心想，这么好的男孩，干嘛要介绍给地方女青年？我家姑娘还没对象哩。李部长回家问王政委："组织处的王干事怎么样？""不错呀，人很老实。""把他介绍给丽惠怎么样？"王副政委没吭声，事后听他女儿说，他压根儿就没有打算在42军找女婿。

其实，王副政委对我印象不错。1978年8月，军政治部把我调到组织处当干事，我同王副政委有过工作上的接触。战前在广西边境龙州的帐篷里，我给他送过战时政治工作文件。战后我写过英雄报告团的材料，还为他起草了42军青年工作报告。王副政委觉得我还有点才，能写点东西。虽然他对女儿的婚事没有明确表态，但也没有强烈反对。

一天傍晚，我在打完篮球返回宿舍的路上，见到一群人走过来，我当时没在意，便穿过马路继续向宿舍走去。突然，我听见背后有人叫我，回头一看，是处长贺永辉。我转身回到马路中间，等他们过来，那群人围着我随便问了几句就走开了。后来我才知道，原来是未来的丈母娘特地为女儿相亲。

过了几天，李副部长托人做媒。男方的媒人是我的处长贺永辉，女方的媒人是她在189医院的战友李全芳的丈夫、军宣传处干事李建华。一天下午，贺处长找我谈话，我以为自己做错了啥事，没料到他竟郑重其事地为王副政委的姑娘做媒。他告诉我，王副政委的姑娘很不错，当过兵，吃过苦，很能干，人长得也很漂亮，在广州市工作，我准备介绍给你，你考虑考虑吧。

我感到十分意外，自己可从未想过要找军首长的女儿。这不是癞蛤蟆想吃天鹅肉吗？一个农村孩子，就是借你一百个胆儿，你也不敢高攀哪！我有些犹豫，不知道如何回答是好。处长见我面有难色，便鼓励我，你不要怕，王副政委是个好人，待人很好。我想，既然首长不嫌我，我还有什么理由拒绝呢。于是我鼓足勇气，对处长说："一切听从你的安排。"

"八一"建军节这天吃过晚饭，贺处长和李干事带我去王副政委家。当时向群正在厨房里收拾东西，听见贺处长叫她的名字，便立即从厨房里风风火火地走出来，落落大方地站在客厅中央跟我们打招呼，让座。她身材健美，上身着白色衬衫，衣袖被高高卷起，蓝色的裤腿被卷到膝下，露出粗壮的小腿。一头被烫过的齐耳短发，自然地遮住脸庞，淡淡的眉宇下镶嵌着一对又大又亮的眼睛，当她的眼睛转动时，双眼皮的线条十分明显。她谈吐大方，气质高雅，说起话来眉飞色舞，不停地打着手势，声音清脆悦耳，极富磁性。第一次见面，她给我的印象很好，我觉得这姑娘做事麻利，待人热情，不愧是大家闺秀。

过完“八一”建军节，她便回广州上班了。我给她写了第一封信，信里不乏溢美之词，很快她就给我回了信。通了几封信，我感到广州与惠州的距离好像越来越近了。然而，天有不测风云，后来有半个月她没有给我回信，不知何故。一天晚上，我去她家，跟她妈聊起我们俩的事情。未来的丈母娘知道自己女儿，对选择我有点心存犹豫，正处在十字路口，便鼓励我不要怕，并说她家姑娘是刀子嘴，豆腐心，让我主动大胆地追。经她妈妈指点迷津，我心里豁然开朗。我调整了思路，发动了“秋季攻势”，局面迅速改观。三个月后，我们开始谈婚论嫁了。

由于国家的计划生育政策，须由女方在其所在单位领取生育指标，而1980年的生育指标已分配完。若元旦登记，我们只有等到次年才能申请生育指标。对此，她有点着急。为了婚后能按部就班，她跟我商量，想元旦登记，“五一”结婚，争取拿到1981年生育指标。然而，登记后，政策又有变化，新婚夫妇生育头胎不受时间限制，这使我们的婚期提前至春节。

结婚历来是人生大喜事，应当有一个隆重热烈的仪式，或大办酒席，或进教堂，或旅行，总之要给彼此留下美好的记忆。而我们却不以为然，认为越简单越好，因此只是略备香烟、糖果招待前来道喜的同事和朋友。

1980年2月6日，这是我终生难忘的日子。那天早上，我从惠州乘车来广州，途经樟木头自由市场，买了一条鲫鱼，拎到广州。傍晚，我与向群一起下厨，煎了一条鱼，炒了几个鸡蛋和一碟青菜，这就算是我们的婚宴。宴毕，我们打开16寸黑白电视，看中央电视台新闻联播。虽然没有举行结婚仪式，没有亲朋好友到场祝福，没有华丽耀目的婚纱，没有录影照相，但我们俩心心相印，挤在一张单人床上，仿佛拥抱着整个世界，静静地享受着人生最幸福的时光。

不久，妻子有了身孕，我被调到广州军区司令部办公室当秘书。我们像快乐的小鸟，早出晚归。虽然那时工资低，物资匮乏，生活清贫，但我们小两口的日子过得甜甜蜜蜜。

1980年11月16日深夜，我在广西崇左军事演习指挥部接到丈母娘从惠州打来的长途电话。她高兴地说："林生，恭喜你，生了个女儿！"我也高兴得一时不知说什么好，只是在电话里傻傻地重复着："好哇！好哇！"停顿了一下，我终于清醒过来，问丈母娘："大人怎么样？""向群很好，你放心，有我们照顾。"当时我真恨不得插翅飞回去，见见她们母女俩。

演习尚未结束，首长特地让我回家看望妻女。当我赶到军33医院时，妻子还在病房里，阳光透过窗户照在她蜡黄的脸上，让我有点心痛。她见我来了，马上把女儿从床上抱起来，让我看。"这就是我们的宝贝女儿。"妻子笑盈盈地边说边轻轻地拍着女儿的小屁股。我好激动，目不转睛地望着女儿粉嫩的小脸。小精灵鬼好像知道爸爸回来了，立即转动着乌黑的眼睛，看着我。一种从未有过的幸福感从心里油然而生。

本来我们一家三口可以在广州好好过日子，但妻子担心我待在机关久了，会贪图安逸，丧失斗志，便鼓励我下部队锻炼。1982年7月，我离开了军区司令部，到124师政治部组织科任副科长。

妻子一个人留在广州，既要上班，又要带孩子，忙得不可开交。天一亮，她就得起来把孩子叫醒，给她穿好衣服，然后先把自行车从五楼扛到楼下，再上楼把孩子抱下楼，背上她，骑车去工厂上班，下班后再把孩子从幼儿园接回家。那时广州供水紧张，一到夏季，住在五楼经常没水，要等下半夜才有水洗澡，洗衣服。于是，吃完晚饭，她只好陪孩子玩积木，画画，算扑克牌，哄孩子睡觉，到了下半夜来水了才去洗衣服。平时买蜂窝煤，都是她从楼下一板一板地搬上楼，好在她有一把力气，否则，真不知道怎么办。我在部队，对家务事一点儿忙也帮不上，真是难为她了。虽然很辛苦，但她在我面前从不抱怨一句，总是默默地承担着家庭的一切事务。

当时，改革开放刚起步，我的妻子意识到，知识就是力量。因此，她非常重视女儿的早期教育。虽然那时工资低，但对孩子的教育，如买书，她从不吝啬，另外，她还送女儿去东山少年宫学习琴棋书画，星期天骑车带女儿去沙河学跳芭蕾舞。为了给女儿买架钢琴，我们用尽了全部积蓄。每个月除了留下基本的生活费，我们其余的钱都给女儿交学费了。有的同事不理解她，说："你干嘛让孩子学那么多东西？长大又用不上。"每当遇到这种情况，她总是淡然一笑，然后告诉她们："我们这一代没有好好读书，不能让下一代跟我们一样无知。"后来女儿在成长过程中一直很优秀。她读完大学，又读研究生，三十岁出头，就获得教授职称。

妻子不仅重视孩子的教育，她自己在学习上也非常努力。当兵复员被安排在广州市第七染织厂卫生所当护士时，为了提升自己的专业技能，她报名参加了广州护士培训班，以优异成绩获得了护士职称。后来她又通过参加中山大学汉语言文学专业函授学习，先后获得大专和本科文凭。1989年，她从工厂调入广州市监察局办公室工作，从保密员做起，一步一个台阶，后来升至副局级纪检监察员。

妻子对我要求非常严格，甚至有点恨铁不成钢。她不仅要求我不断学习，而且还要求我在工作上必须出色。她就像一个牧羊人，手里不停地挥动着皮鞭，驱赶我“羊”不停蹄地往前跑。在她的鞭策下，我不敢偷懒，不敢懈怠，不敢停步，只有努力，努力，再努力。转业后，我坚持一边工作，一边学习，十年苦读，我完成了从本科到研究生的学业，最终拿到了管理学博士学位，职务也不断提高。这一切，都应感谢妻子的高瞻远瞩和无私奉献。

在一些人看来，我们迟早会分道扬镳，因为我们俩家庭出身相差甚远，观念冲突在所难免。然而让人没想到的是，我们结婚后，有苦同尝，相濡以沫，携手到老。她不仅对我好，而且对我的兄弟姐妹也好。结婚后，她曾多次跟我回老家农村看望父母，跟我住在破旧的瓦屋，睡在垫满稻草的床铺上，被蚊叮虫咬，吃的是粗菜淡饭，可她没有半句怨言。虽然我们的钱不多，但赡养父母的钱我们却舍得给。家乡人来广州找工作，能帮上忙的我们都尽力帮。老家的房子不慎被火烧了，母亲想寻死，她安慰我妈：“不要伤心，只要人在就好。房子烧了，我们出钱建新的。”村里人夸她说，这么好的儿媳妇，打着灯笼也找不到。

回顾人生旅途，我庆幸自己找到了一个好妻子，养了一个好闺女。也许幸福的家庭都是相似的：爱情的甜蜜，事业的成功，儿女的优秀，家庭的美满，一样都不能少。

★第三章　反击作战

24 跨越国境线

1979年2月16日6时40分，绵延上千公里的中越边境，突然万炮轰鸣，震天动地，火光冲天，千万发炮弹怒吼着呼啸着飞过崇山峻岭，砸向越军阵地。持续半个小时的炮火准备，把边境的天空烧得通红。

借助炮火的强大威力，担任攻击任务的126师，迅速突破布局关口，向越南高平省东溪镇快速推进，前方不断传来胜利的消息。我所在的124师371团跟在126师后面，随时准备接替他们，继续向高平推进。

经过一个上午的激战，126师在中午夺取了越南四号公路的重镇——东溪。当我军坦克出现在东溪镇附近的高地上时，越南老百姓还以为是他们的坦克呢，纷纷向坦克兵挥手致意。当看清坦克上的八一红星标志时，他们纷纷吓得向山里逃窜。一辆从凉山开往高平的公共汽车正在此时来到东溪，车上三名休假归队的越军军官，毫无防备地被我军俘虏。

我们部队于早上五时三十分上车，一直坐在卡车上等待向前开进的命令。大家坐在车上等得有些不耐烦了，都想快点跨过国境线。直到下午三时，汽车才开始向边境挪动。从前线抬下来的伤员和向前线运送弹药的汽车，早已把狭窄的公路堵得水泄不通，我们只好弃车而走，徒步向边境开进。

跟随371团特务连走到国境线时，我抬起手腕，看了看手表，时间为下午五时五十五分。我的心在这刻咯噔了一下，大有从此一去不复还的感觉。战前，我跟特务连侦察兵曾秘密地潜入布局关我方一侧的密林，观察对面越军的活动。在离边境一百多米的开阔地上，有一个越南公安屯。几个身背冲锋枪，头戴绿帽的越军，在那里来回走动。寂静的山谷透露出肃杀而神秘的气氛。

现在展现在我眼前的则是另一番景象。猛烈的炮火早已把这条山谷烧成焦土，越南的公安屯和民房被夷为平地，一根被炮火烧得黑乎乎的木头，躺在地上，不停地冒着青烟。整条山谷弥漫着硝烟与血腥味。

队伍向纵深前进。我们警惕地注视山谷两边的树林，好像平静的树丛后面随时会有人向我们打冷枪。走着走着，我们真的听见砰的一声枪响，就在我前面行走的小赵被一颗罪恶的子弹击中，应声倒下。队伍迅速卧倒，轻机枪手趴在地上，向传来枪声的方向打了几个点射，山谷又恢复了平时的寂静，队伍继续前进。一路上，不时地有广西民兵抬着重伤人员向后方医院奔去，偶尔我们还会见到手缠白色绷带的轻伤员自己走下战场。

走到一条小河边，我们看见两辆坦克沉在河里，只露出炮塔。原来这条河上有一座木桥可以过牛车，那木桥显然是被我军的坦克压塌了，现在这两辆坦克干脆趴在河里充当浮桥，让后面的坦克从自己身上开过。河面上漂浮着一具越军尸体，不见头，不见脚，只见一大截屁股露出水面。这里可能发生了一场激战，先头部队打完后来不及打扫战场，就往前穿插了。当我踩在冰冷的坦克上跟着队伍路渡过小河时，我开始感觉到这场战斗的惨烈。

越往前穿插，我就越感觉这条进攻路线十分艰险。在一个狭窄的山口，我从地上捡起被坦克撞碎的石块，揣摩着刚才坦克是怎样通过的。当时的情形也许是：当我军坦克到达这里，前无出路，后无退路时，坦克兵只好开足马力，不停地撞击山口两边的岩石，最后硬是在石缝间撞开了一条路，随之，坦克部队鱼贯而出。我对坦克兵勇猛的战斗作风由衷地感到钦佩。

山区的夜比平原来得要早，过了山口，天就完全黑了。我们又遇到一片沼泽地。原来这里是一片稻田，在前头部队进攻靠松山时，越军为了阻止后续部队跟进，把水库的大坝炸了。大水倾泻而下，淹没了山下的稻田，后又经过坦克的碾压，这里便变成了一片泥潭。没有别的道路可以绕行，部队只能从泥潭里通过。我们踩着齐膝深的泥浆，十分吃力地走完了大约两公里长的山谷，到达靠松山。

上山时，天黑得出奇，伸手不见五指。队伍静悄悄地向山顶攀登。丛林中不时地闪出一道道火光，随即传来刺耳的枪声。只要听见枪声，我们的神经立马绷得很紧。不知啥时候会碰上倒霉的子弹，心里确实有些紧张。突然，一阵低沉的呻吟从路边的草丛里传来，我停下脚步，发现躺在那里的是我军一个还来不及抬回后方的伤员。我们要继续前进，不可能留下来照顾他。于是，我俯下身子安慰那个伤员：“战友，请再坚持一下，后面的民兵马上就会把你抬走。”说完，我跟上队伍继续前进。

越过国境线的第一个夜晚，我经历了初上战场的紧张与不安。说来奇怪，一旦闻到了火药味和血腥味，目睹了惨烈的战争场面之后，这种紧张与恐惧的情绪很快就消失了。行进在漆黑的夜晚，我的心情反而十分平静，就像平时夜间行军一样，根本不觉得自己身处战争险境。虽然不断地遭到越军零星火力的骚扰，但我所在的部队没有人被乱枪打中。到了下半夜，我又困又渴。幸好遇到路边有一条浅浅的水沟，沟里有水。我蹲在沟边，用双手捧起一把水，却发现水里有牛粪渣。可当时我也顾不上那么多了，咕噜咕噜地喝了好几口。

回想这一天的战斗，我猜越军万万没有想到，布局关这条狭长的山谷，竟然会成为42军主攻的方向。稍有军事常识的人都知道，这条山谷没有公路，没有大桥，根本不适合机械化部队通过。然而，水无常形，兵无常势。我军两个作战师就是从这里出其不意，撕开缺口，直插越南高平的。

这与战前的部署大相径庭。战前越军在水口关布下重兵，扬言要一举消灭124师。谁知开战前的一个晚上，124师悄悄地撤出水口，隐蔽在布局关。接下来的纵深作战，越军碰到的将是一把更锋利的尖刀。

次日清晨，我们团到达东溪，扼住了四号公路的咽喉，开始为进攻高平做准备。

25 向高平穿插

2月18日上午，我们沿越南四号公路向高平穿插。到达嫩金山口时，我们看见372团1营正在攻打弄梅隧道。这条隧道是通往高平的咽喉，被越军控制。不打通弄梅隧道，所有进攻高平的步兵、炮兵、坦克都无法前进。

我躺在公路旁边的水沟里观战。一辆坦克缓慢地从后面开过来，对准隧道口猛轰。1营1连的战士，在强大火力的掩护下，开始向隧道口运动。有两个班已经迂回到隧道口两侧，有几个战士已经爬上了悬崖，准备消灭隧道顶上的越军。

看别人打仗，比看电影里的战斗场面真实多了。前面仍在激战，枪炮声大作。当把目光移向旁边的吊脚楼时，我发现一只下完蛋的母鸡正“咯咯咯”地欢叫着钻出鸡窝，窝里有四五个褐色的鸡蛋，没人捡。我回头一看，发现部队像一条长蛇蜿蜒于狭窄的公路上，人车混杂，首尾难顾。如果越军偷袭，我们就惨了。我想这里不能久留，应尽快疏散部队。

下午一时，我们371团接到上级命令，避开公路，从弄梅隧道侧翼穿插高平。我们翻过一座土山，进入班瓦地区。1营作为前卫，按战斗队形搜索前进。我在团指挥所，跟在前卫营后面。在半山腰的一条小路上，我们发现对面山上有一个白点向山顶移动，从着装看似乎是越南公安人员。文国庆副师长立即让警卫员干掉他。随即两个冲锋枪手便瞄准了那个白点，各打了一个点射，那个白点被击中，滚下了山。

我们沿着乡村的羊肠小道继续前进，路边有一具我军烈士的遗体来不及掩埋。一个八十多岁的名叫陈阿四的老头儿从村庄走出来，向我们招手，他大骂黎笋，说他忘恩负义，投靠苏联，充当马前卒，不该与中国人民为敌，并要求村里年轻人不要同中国人打仗。我们觉得这老头儿对中国好，够朋友，纷纷把背囊里的饼干掏出来，送给老头儿。老头儿连声道谢，说："还是中国人好！"

队伍加快了前进的步伐，天黑时便到了凭垄。又要爬山了，我和桂林陆军学院教员走在团政治处主任的后面。这位主任身体很胖，走路很慢，不知不觉被前面的部队拉开了距离。爬到山顶，我们俩快步超过了这位主任，朝山下狂奔，仍不见前面的队伍。在一个三岔路口，那教员突然停止了脚步，神色慌张地问我："小王往哪条路走啊？"我说："别紧张，看看路再说。"正在我们犹豫不决的时候，旁边村庄的狗叫了几声，我立即掏出手枪，将子弹推上膛，准备随时应对突发情况。

借着朦胧的月光，我仔细寻找着，想知道三岔路口有无明显的路标，突然发现通往村庄的道路上，有一根干竹梢横在路上。我马上意识到，这就是尖兵班设置的路标。因为在夜间训练时，班长曾经告诉我，尖兵班遇到三岔路口，如果来不及用石灰设置白色路标，可以就地取材，用树枝拦住路口。于是，我当机立断，告诉教员："往前走，快速通过。"

我们俩一路小跑，终于听到前面传来轰隆隆的坦克声。这一定是我军的坦克部队！说明阻击我军前进的弄梅隧道被打通了。我为刚才的正确判断感到欣慰，如果走错路，凭我们两支手枪不是战死，就是成了越南人的俘虏。

教员跟我上到公路，终于赶上大部队。一上公路，我们就遇到一条被越军炸开的大深沟。这条沟足有三米宽，两米深。我毫不犹豫地跳下沟，又向上跃起，爬上路面，顺手把教员拉了上来。拐过一座山脚，我们就听见后面响起咚咚咚的爆炸声。我知道后面的那段公路已被越军的炮火封锁。第二天早上，我们得知教员的警卫员昨晚就在那段公路被炮火炸伤，并被抬回后方医院，跟随着我的警卫员侥幸地冲过了封锁线。好在我和教员动作快，比他们顶多提前五分钟通过那段公路，不然我们也会挨炸。

越军为了迟滞我军行动，一路炸桥、挖坑、埋地雷。先头部队的工兵根本来不及排雷，只好在有地雷的地方撒上石灰粉。还好这天晚上有月光，我们小心翼翼地避开地雷，朝高平方向跑步前进。长途奔袭，多一两都嫌重。此刻，我们感觉肩上的背囊感觉越来越重，除了枪支弹药、饼干不能丢外，能减轻重量的东西基本都丢了，最后我连雨衣也不想背了，随手就扔给坦克六连的一辆车上，告诉他们，我是42军王干事，打完仗再去他们连拿。回国后这俩坦克驾驶员还真的打听我的下落，想归还那件雨衣。

19日，天刚拂晓，穿插部队抵达高平外围的果冈。我们迅速向公路两边疏散，在山边挖猫耳洞，防越军炮火。刚挖好猫耳洞准备休息，前面就传来密集的枪炮声。原来是372团一营在攻打果冈高地。从后面赶上来的坦克部队，也配合步兵，交替掩护，向前攻击。后来听说我军有一辆坦克刚冲过一座桥梁，那桥就断了，后面的坦克过不去。那辆坦克在城内孤军作战，横冲直撞，狂扫越军，直到弹药打光了，三个驾驶员才从战车里跳出来，不幸被俘。42军在越南作战28天，除了伤亡之外，只有这三个坦克兵被俘。这足以证明我军战士的英勇顽强。

这天上午，我团暂无战事，大家只好老老实实地待在猫耳洞里。从17日早上到19日早上，我们已经有两天两夜没合眼，确实太困了。于是，在听说白天没有战斗任务后，大家都放心地睡大觉了。我靠在猫耳洞的洞壁上，一合眼就睡着了，醒来时，太阳快落山了。

26 就地解决供给

2月19日，激战后的傍晚，暮色苍茫，群山肃穆。我们打开收音机，收听越南华语广播。一位女播音员，字正腔圆地说："中国军队进至高平外围，已经弹尽粮绝，在村庄里大肆烧杀抢掠。"

尽管越南夸大其词，污蔑中国军队，但我军断粮却是事实。对越自卫战，我们每个人只携带了三天干粮，头两天，有压缩饼干啃，我军严守纪律，不进村庄，甚至在路边看见老百姓的鸡蛋也不拿一个。到了第三天，部队干粮基本吃完了，后勤供应又遭到越军沿途封锁，粮弹一时送不到前线，战士们不得已才进村庄找吃的。

在这个漆黑的晚上，团特务连给指挥所送来了热气腾腾的鸡汤。我们也不问鸡汤从哪里弄来的，跟团首长一起照吃照喝。

经过一夜翻山越岭，20日早晨，371团穿插到高平西南纳热地区，部队缺粮的情况更加严重。为了解决吃饭问题，各连只好自己想办法，进村庄杀猪宰鸡，埋锅煮饭，填饱肚皮。

下午，在团指挥所旁边的山坡上，我见到124师副政委肖健生。他躺在枯黄的草地上，大口地喘着粗气，上气不接下气地对我说："小王，听说战士到村里抢老百姓的粮食，有几个带头的战士被政治处抓了。这不是明摆着违反三大纪律八项注意嘛！你去跟政治处主任说，要制止这种违纪行为。"我有些为难，心想，虽然战士违纪，但这是没有办法的办法，应该尽量为战士们求情。于是，我心平气和地对肖副政委说："首长，部队出国到现在，有三天没有吃饭了，后勤供应一时又上不来，如果不就地解决吃饭问题，部队哪有战斗力？"

"那也不能违反群众纪律呀！"肖副政委显然不同意我的观点。他参加过抗美援朝，深知军民团结的重要性，强调说："我军在朝鲜作战，就是饿死，也不动老百姓一粒粮食。"肖副政委试图说服我遵守群众纪律。然而，我不同意他的看法，我认为当务之急是让战士们吃饱饭，只有吃饱饭了才能打仗。我说："越南兵民不分，把我们视作敌军。这跟朝鲜不一样，越南老百姓不会给我们送粮，我们不动手，就会饿死。"

肖副政委哮喘得越来越厉害，他躺在草地上，闭上眼睛，一声不吭。他是累了，还是生我的气？望着他瘦弱的身体，我的心软了，有点后悔与他争辩，但我又感觉到，如果遵从他的意见，战士就吃不上饭，就会影响战斗力。此刻，我别无选择，即使得罪首长，也要坚持自己的观点。于是，我安慰他："首长，好好休息吧，部队违纪的事，你就睁一只眼闭一只眼算了。"

晚上从前线传来不幸的消息。126师的战士在泅渡水流湍急的平江时，由于饥饿，体力不支，三个战士被江水淹死。据说，从烈士遗体的裤兜里，大家发现被啃了一半的干玉米棒和芭蕉芯。知道这一情况后，我的内心很难受。如果他们不遵守所谓的群众纪律，吃饱饭再渡江，也许就不会牺牲。现在，部队生存比维护群众纪律更重要。想到这里，我更坚定了部队就地解决供给的决心。当晚，我向团首长表明了我的看法。

第二天上午，371团政治处、后勤处组织当地华侨和老百姓，把收集起来的稻谷碾成米，煮成饭，送到前线部队。从此，部队不再饿着肚子打仗了。

说来也巧，一次夜间行军，天刚蒙蒙亮，我们路过一个村庄的吊脚楼时，发现地上坐着一个白发苍苍的老太婆，她惊恐地望着中国军队从身边走过，吓得浑身发抖。这时一只白鸭不声不响地从吊脚楼底层钻出来，走到我身边。趁它不备，我顺手一把抓住鸭脖子，提起来，把鸭头扣在其翅膀里。我一边走一边拔掉鸭毛，只一会儿工夫，就把鸭子身上的毛，拔得干干净净。然后，我把鸭子丢进背囊里。到了宿营地，我用军用水壶清炖了这只鸭子，一个人美美地吃了一顿大餐。

越南作战期间，虽然后勤保障一直跟不上，但部队能积极想办法，就地解决供给的问题。因此，每到一地，我们照样有饭有肉吃，伙食甚至比在国内还要好。

27 合围高平

2月19日晚，我团受领任务，离开果冈，向高平西南侧穿插。部队在漆黑的夜里翻过一座大山，于次日清晨到达纳门。经过激战，我团摧毁了越军冰雹式反坦克导弹发射阵地和一个高炮阵地，并于21日下午占领490高地。这个山头是控制高平市的制高点，位置相当重要，越军数次反扑，均被我军打退。

进入夜晚，据前线报告，高平市内灯火辉煌，人声鼎沸。街道上人来人往，装车的装车，挑担的挑担，汽车的喇叭声和人们的叫喊声响彻夜空，整座城乱成一锅粥，彻夜躁动不安。显然，全城正在大撤退。而我军却按兵不动，眼睁睁地看着越军从我们眼皮底下溜走。

事后我才知道，虽然42军部分师团抵达高平外围，但41军遭到沿途越军阻击，未能按指定时间占领扣屯，而扣屯是高平通往太原的唯一退路。战前军委主席邓小平就明确指示一定要抢占扣屯，形成关门之势。由于41军进攻不顺利，我军未能形成对高平的四面包围，42军也不敢孤军突入，只能在高平外围固守待机。

当时战场形势对42军极为不利。我军在前线只有三个步兵团，炮兵部队还在途中没有到位。听说越军准备从太原派一个师支援高平，收复失地，我们确实紧张了一阵。如果越军真的派一个师打过来，我们仅凭手中的轻武器很难守住阵地。鉴于这种情况，应对预案是，如果越军增援高平，124师将请示军委，派空军支援，轰炸太原越军增援部队，阻止其行动。后来由于听从了苏联军事顾问的建议，越军为了保存实力，撤销了增兵计划。

20日中午，我们挖好了防空洞，准备防御越军反攻。团指挥所接到前线报告，说有一股越军部队向团指挥所运动，于是，保卫团机关的5连便迅速占领了高地。团长担心5连兵力不足，让机关干部做好上阵准备。我和军政治部李劲干事也随时准备拿起枪冲上高地打击越军。不知啥原因，这支越军部队突然改变了进攻方向，我们因此避免了一场短兵相接的面对面厮杀。

从20日至24日，经过五天战斗，我团先后夺取316，352等高地，基本摧毁了越军扼守高平南侧的据点，为全师进攻高平扫清了障碍。

25日早上8时，我跟随部队向高平市区开进，10时25分部队通过了市中心。虽然打下来的是一座空城，但由于越军是仓皇撤退，仍留下了大批重要物资，因而我军缴获颇丰，有武器弹药、粮食、日用品等，这些均被我军悉数运回国内。

这次战役，我军取得了重大胜利。但作为参战人员，我或多或少心存遗憾。如果41军和42军能按时合围高平，我们的战果将会更大。

28 生擒越南女兵

2月27日下午，团指挥所跟随三营向弄压南侧穿插，刚进至一座山边，就听见前面传来激烈的枪声，原来是九连在巴博与越军卫生队遭遇。

九连一排先敌展开，迅速出击，密集的子弹、手榴弹，像瓢泼大雨似的砸向越军。越军毫无防备，被打得晕头转向，死伤遍地。除了有几个从西南边的小路逃脱外，他们中的大部分就地被歼。这次遭遇战，大约三分钟就结束了。我军无一伤亡，共毙敌14人，生擒女兵3人。

当我们赶到这里，还能闻到浓烈的硝烟味。向北是一条狭长的山谷，两边是高山峻岭，草木茂盛。发生遭遇战的地方，是一片开阔地，大约一千平方米。地上生长着灌木、杂草，夹杂着突兀的岩石。有三个越南女兵，在开阔地中间被我军战士临时看押着。一个小个子女兵蹲在地上嘤嘤哭泣，一个左臂负伤的女兵，正在包扎自己的伤口，她把白色的绷带不停地往手臂上缠绕，表现得异常坚强。另一个看上去年纪稍大一点的女兵，面无表情，用手推了一下地上哭泣的女兵，好像暗示她，别哭，坚强些。

这三个女兵是越南京族人，长得蛮漂亮，脸蛋又红又白，身材姣好，正值青春年华。男兵见到她们，都会忍不住多看几眼。她们的脚上没有穿鞋，光着脚丫，裸露出又厚又大的脚板。团特务连两个侦察兵押着三个女兵，跟在我们团指挥所后面，向弄压山口穿插。她们赤脚走路，全然不顾路上的沙砾，在崎岖的山沟里，行军速度跟我们一样快。

我问九连指导员那三个女兵是怎样抓住的，他告诉我，能生擒这三个女兵还真不容易！被我们包围后，她们一直躲在岩石后面负隅顽抗，我们用越语喊话，要她们放下武器，她们却疯狂地向我们射击。于是，我们七班有两个战士向岩石周边各投了一枚手榴弹，趁硝烟未散，战士们迅速冲上去，把三个女兵按在地上，其中有一个女兵的手臂被弹片炸伤，鲜血直流。你看，就是那个手上缠着绷带的女兵。“那女兵很顽强啊！”我脱口而出。

傍晚，部队停止前进，准备在弄刀水库附近宿营。这时天空飘起毛毛雨，又饥又渴的战士，突然发现山沟里有一群小黄牛正在悠然地吃草，兴奋不已。这群黄牛面对我们的到来，丝毫没有感到紧张和恐慌，照样慢吞吞地嚼着口里的干草。只见两个战士迅速冲上去，将一头小黄牛掀翻在地。一个战士双手按住牛头，另一个战士双腿压在牛身上，并从腰间拔出锋利的匕首，在牛屁股上划开一道口子，然后用力撕开牛皮，再用匕首割下屁股上那团鲜嫩的牛肉。紧接着，其他战士也冲上来剥皮割肉。一头活生生的小黄牛，瞬间就被战士们分解了，只留下一堆牛骨。晚上我们都分得了一块牛肉，那三个女战俘跟我们一样，享受了一顿美味野餐。

夜半，雨越下越大。我看见两个侦察兵脱下自己的雨衣，用木棍搭起帐篷，让三个女战俘进去避雨，自己却站在帐篷外，全身湿透。那三个女战俘目不转睛地望着雨中我军高大威武的战士，似乎有些感动，眼睛里流露出了些许温柔和善。

弄压山口的地形十分险要，一条S形的公路，自东向西。

越军在此设重兵防守，布置了顺打、倒打、侧打火力点。当年法军未能打开弄压山口，我军在这里也连续攻打了三天，才终于打通了高平至茶陵的公路。这三天，我师有两个步兵团涌进这条狭谷，幸亏有几百头小黄牛给部队补充了给养。3月1日上午，当我们把3个女战俘移交军部时，我发现她们与我团两个侦察兵挥手告别。

29 围歼洞中残敌

攻下越南茶陵县城后，我军转战广渊。当3月5日我国政府发出从越南撤军的命令时，我们的部队还在山区清剿。3月8日上午，听说371团2连正在围歼洞中残敌，我立即赶到战场，想探个究竟。

两个战士带我爬上陡峭的悬崖，我发现山间有一个天然石洞。洞口被茂密的灌木遮挡，非常隐秘。洞口外边垒起了一米多高的石墙，墙中间被炮弹炸开一道口子，一具越军尸体俯卧在石墙的边上。我军两个战士手持冲锋枪守住洞口，警惕地观察着洞中的情况。

我有些好奇，问旁边的一个战士："你们是怎么发现这个山洞的？"那个战告诉我："不是越军打枪，我们根本不知道这里会有山洞。"于是，他给我讲起昨天下午发生的战斗：

大概是下午一点，我们进山清剿，发现有一根电话线向山里延伸。我们就顺着电话线向前搜索，进入一个垭口，看见里面有三座茅棚，像是兵营。军营后山，有一个越军士兵在站岗。为了不惊动哨兵，我们立即在附近隐蔽起来，先守住垭口，并向连部报告了敌情。

下午两点，天下起了小雨，虽然我们还没吃午饭，身上的军装也湿透了，但大家求战的热情很高。不久，六班班长向全班战士下达作战任务，机枪手迅速占领有利地形，一个点射就把越军站岗的哨兵撂倒了。不到15分钟，战士们就运动到了山脚下。补充到六班的预备党员周福满对一个新战士说："你把枪给我，我先上，你在后面扛我的爆破筒。"他爬到一块岩石后面，刚露出半个头，就遭到越军疯狂射击，一颗子弹从他的脸颊穿过，血流如注。周福满身不由己地从岩石上滚下来。新战士熊岗见状，对班长说："我个子小，让我从侧面上。"他刚从地上跃起，一颗子弹就从他脖子上擦过。看来硬攻是不行的，六班被迫撤下山。连长指挥无后坐力炮炮手，瞄准越军射击的地方，连轰几炮。第二天早上，我们才发现半山腰有个山洞。

次日上午，2连重新组织战斗，分两个战斗小组，每个组都有共产党员。一排排长和三排排长各带一个战斗小组，在火力的掩护下，分别从两翼向洞口运动。一排排长赵洪景先接近洞口，他向洞里投了几颗手榴弹，发现洞里没人对抗，便迅速控制了洞口。

当我爬到洞口时，一排正在洞里搜索。我朝洞里望了望，里面漆黑一团，什么也看不到，也不知道洞里发生什么情况。这时我什么忙也帮不上，只好待在洞口，等待搜索分队出来。大约一个多钟头后，我终于看见我军战士押着20多个老百姓和两个越军士兵，从洞里走出来。

这其中有一个戴手表的越南人，白白胖胖，看起来像个当官的。三班刘成福叫人拿绳子把他绑了。这个越南人见我们只有5个人，便仗着人多势众，突然去抢副指导员的手枪，被刘成福一脚踢过去，枪没有抢到。旁边的副班长情急之下，扣动冲锋枪的扳机，把那个越南人当场击毙。一个女人边哭边向副班长扑过来，又被刘成福一脚踢翻在地。她爬到那个死去的男人身边，搂起他的头，号啕大哭。此后，其他越南人再也不敢闹腾了，乖乖地跟着战士们下山。

我拉住刘成福的手，问他刚才洞里发生了什么情况。他神秘地告诉我："有惊无险！""怎么讲？"我追问。刘成福停下来，绘声绘色地给我讲起洞里发生的故事：

"里面的那个洞口，小得只有一个人能钻进去。洞里头很宽，很深，黑得伸手不见五指。我们排分成三个小组，每个小组用一把手电筒，交替掩护。二班班长李石林带领两个战士走在最前面。他摸到一个伤兵的腿，那伤兵马上坐起来，掏出手榴弹。他往石头后面一闪，手榴弹爆炸了。停了一会儿，他们又继续往前摸，摸到一个软乎乎的东西，原来是个被打死的十八九岁的女人。再往前摸，他又摸到一个伤兵的腰，那伤兵见求生无望，又拉响手榴弹，战士迅速趴下，用手电筒一照，发现伤兵不动了，这才让后面的战士把尸体抬出来。接着，三班接替二班继续向前搜索。

"好戏还在后面。当听见洞里有小孩哭时，我下意识地停止了脚步，心想可能还有'大鱼'啊！我弯着腰，警惕地向前挪动脚步。突然从洞里飞出一颗手榴弹，撞在洞壁上炸了，幸好没伤着我。我继续前行，摸到一个小孩的脚。那小孩吓得大哭起来。他妈见势不妙，丢下孩子往里跑。一个男人赶快去抓旁边的机枪（就是刚才被击毙的那个白白胖胖，像当官的越南人的），翻译莫韶炳冲上去，打了他一拳。我顺势一脚扫走地上的机枪。后面的战士冲上来将他按倒在地，那个想逃跑的女人也被战士捉住，被捉住时，她紧紧地抱住公文包不肯松手。经翻译审问，我们知道了那个抢机枪的男人是她老公，原来在部队当军官，后来转业至地方，听说要同中国打仗，便又返回部队。我们把他俩抓住后，他和他老婆不愿走，在后面磨磨叽叽的，似乎不怀好意，想伺机反扑。果然，到了洞口他们就抢我们的枪，被打死了，活该！”

“你们几个人是怎么把20多个人弄出来的？”我不解地问刘成福。“当然不容易！”刘成福又讲起了他们抓人的细节：“我们摸到洞底，以为到头了，不料发现一个很小的竖洞，估计下面藏着人。这洞大约有五六米深，只能一个人下去。我们将绳子的一头系在石头上，另一头放进洞里。三班班长抓住绳子，试探着往下滑，慢慢地滑到洞底。底下有10多平方米，高低不平。三班班长往洞壁一靠，感觉身体接触到的不像是冰冷的石头，而是柔弱的身体。他顺手抓住一条腿，使劲地往下拉，硬是把这个人从上边拖下来了。他伸手一摸那人胸脯，才知道是个女人。这女人又高又大，身边有一支冲锋枪，裤兜里只剩下一颗子弹。她用不大流利的汉语告诉三班班长，自己结婚不到一年，就同中国打仗了，也不知道丈夫现在是死是活。说到这里，她的声音有些哽咽。三班班长掏出手榴弹，大喊：‘里面的人听着，再不出来，我投手榴弹了。’有人用汉语说：‘你们不打我们，我们就出来。’‘我们保证不打你们。’于是他们不再害怕，纷纷从里面爬出来。洞上面的战士用绳子把他们一个一个地从洞里拉上来。”

战斗结束了，天空阴沉，冷雨霏霏。我为那些机智、勇敢的战士们感到自豪！

30 夜袭班占

3月12日，我军开始从广渊回撤。途经班占长形高地，我特意停下脚步，仔细观察这个北低南高的山地。这里曾经发生了一场激烈的夜战，我军创造了一个营歼敌一个营的成功战例。

提起这个战例，我不得不从2月19日拂晓说起。那天天刚破晓，125师师长李庭阁率领师指挥所进至复和县城。作战参谋报告师长说，这里就是复和县城。李师长环顾四周，周围除了黑黝黝的群山，就只有坐落在盆地中央稀稀疏疏的几十幢民房。他满腹狐疑地自言自语说，这哪像县城，分明就是一个村庄。作战参谋指着地图，十分肯定地说："从行进距离和周围地形看，这里就是复和县城。"李师长仍不相信，他命令374团继续前进。

374团2连派出尖兵班向前搜索，在距离班占长形高地不到一百米的地方，我军部队突然遭到越军猛烈开火，随即师指挥所周围的山上也响起枪炮声，师指挥所毫无防备地被越军火力围困在开阔地，抬不起头。李师长趴在低洼地，有些紧张。他指示通信参谋，立即向上级报告，称："我师指挥所被越军包围，请求支援。"

从早上打到中午，我们只听见山上的枪炮声，却不见越军下山，敌我双方就这样对峙着。随后，从水口驰援125师的某重型坦克团，一路呼啸而来。由于当时步坦不能直接通话，步兵无法向坦克兵指示目标，坦克兵一路只能盲目地开枪开炮，向公路两边的山上乱打一通，场面非常混乱，致使我军不少战士伤亡。直到我军坦克打进复和县城，这种被动而混乱的局面才得以改变，125师指挥所终于脱离了险境。

为了报这一“箭”之仇，125师经过抵近侦察和周密策划，决定派375团1营歼灭盘踞在班占长形高地的越军。

我对1营非常了解。营长徐尤松，教导员饶维金，都跟我是同年入伍的老乡。当兵时我们在一个团，对彼此都非常熟悉。虽然这个营在广东惠阳潼湖从事军农生产，平时训练少，军事素质不如全训部队，但全营政治思想素质比较好，营领导是全团学习毛主席著作的积极分子。他们有不怕牺牲，敢打硬拼的精神。

一周后的夜半，在浓雾和夜幕的掩护下，1营涉水渡过一条小河，从班占高地的后山，悄无声息地摸了上去。正当黑压压的部队快接近堑壕时，他们却被越军哨兵发现。一声清脆的枪响划破夜空的寂静，营长徐尤松当机立断，命令司号员吹冲锋号。全营战士以迅雷不及掩耳之势，像饿虎扑食般冲到堑壕边，密集的子弹、手榴弹，顿时像瓢泼大雨般向堑壕倾泻。正处于睡梦中的越军被突如其来的喊杀声、爆炸声惊醒，他们来不及拿起枪，就被我军战士击毙在战壕里。

经过短暂的激战，越军尸横遍地，一个营基本全被歼灭了，只有几个侥幸逃脱，我军大获全胜。

我站在班占高地上停留了好几分钟，凝视着山顶上那条蛇形堑壕，眼前仿佛浮现出那场惊心动魄的厮杀。真的很幸运！如果偷袭不成，越军居高临下，我军的后果不堪设想。然而，事实胜于假设，我军最终以果敢、勇猛、迅速的战斗行动，全歼越军一个营，并受到总部的表彰。

此刻，我为指挥这场战斗的老乡和战友感到自豪。虽然营长徐尤松在战斗中负伤，但他同时也获得了崇高的荣誉，荣立了一等功。战后，他参加了全军英模报告团，他的英雄故事，在家乡家喻户晓。

31 冲动来自激情

进入中越边境后，部队临战训练如火如荼地展开。一天上午，我和团作战参谋去边境抵近侦察，跟我们一起去的一位驻地老民兵当我们的向导。

我们从边境线中方一侧的石山，登上约150米高的山头，看见越军在边境构筑了哨所，有几个头戴绿帽，斜挎冲锋枪的士兵在哨所外走动，一条狭窄的山沟从布局口通向越南纵深，深不可测，山头的树丛里留下残垣断壁。老大爷告诉我们，这里曾是清军抗法时的古炮台，当时清军是用土炮击退法军的。这位老大爷是历史的见证人，他说中国曾经无私地帮助过越南抗法抗美，越南如今却把枪口对准中国，这使他非常愤怒。

回到驻地，我的心情很不平静，有写文章的冲动，大有不吐不快的感觉。

这天上午部队因下雨停训，我们待在临时搭建的茅棚里没事干。我找了一张小凳子，坐在床铺前开始构思。老大爷，古炮台，游动的越军哨兵，不时地在我脑海里浮现。于是，我以此为素材，创作了一篇散文。题目叫“怒吼吧，古炮台”，几乎一气呵成。

文章写好后的第二天，我就寄给了《广西日报》，随后不久我就上了前线。

回国后，听说那篇散文发表了，这着实令我既意外又惊喜，我还收到了《广西日报》寄来的那张报纸。

这篇处女作经军政治部上报，获得了广州军区文艺创作二等奖。

刊登在报纸上的这篇散文，我保存了好多年，想不到在后来几次搬家中不幸弄丢了，我甚感遗憾，很想找回来留个念想。于是，我给《广西日报》写信，问可否找回那篇散文，但未得到回复。2017年7月，我的外甥女周慧琴在中山大学图书馆找到了那张报纸，就这样，我的这篇散文失而复得了。

32 英雄事迹感动了我

结束对越自卫战，我随部队撤回广西边境。不久上级便通知我立即回军政治部。

原来是军政治部接到上级指示，要求其成立英雄事迹报告团，到全国巡回报告。军政治部领导让我去125师375团采写战斗英雄黄纪石的材料。接到任务后，我立即赶到黄纪石所在的部队。经过一周短暂的采访，我基本掌握黄纪石的事迹，于是便返回军政治部所在地。军政治部临时驻扎在边境的一个林场，这个林场有许多上山下乡的知青，尤其是那些女知青，对我们这些年轻军官异常热情，主动要给我们洗衣服，弄得我们有点不好意思。那时我真顾不上那些眉飞色舞的女孩子，只想一门心思地写好英雄事迹。在整理英雄事迹的材料时，我常常被残酷的战斗、对胜利的渴望、英雄的壮举，感动得夜不能寐。后来，黄纪石带着我写好的报告参加了全国英模报告团，其事迹在各地皆赢得了鲜花、掌声和赞誉。

战后，我军撤回到原驻地——美丽的惠州西湖。尽管战争的硝烟已经飘散，但英雄们的事迹却深深地刻在我的脑海里，挥之不去。我经常问自己，是什么力量使一个普通军人在一场战斗中成为英雄？除了爱国主义和英雄主义，没有其他解释。为了宣扬这种精神，我决定用报告文学的形式还原那场战斗。想到这里，我激动不已，说干就干，不知用了多少个夜晚伏案写作，终于完成了《祖国锻造的利剑》这篇报告文学，其随后被解放军文艺社收进《新一代最可爱的人》第二集，于1980年4月在北京出版。

第四章　事在人为

33 艰难抉择

广州地铁的建设，经过30年的筹备与等待，终于在1991年启动。这年5月，市政府决定成立地铁工程建设指挥部，市长黎子流出任总指挥，副市长石安海、伍亮、陈开枝、戴志国先后任副总指挥。不久，该指挥部又从市委、市政府各委办抽调专业干部，组成了指挥部办公室，协调日常工作。

为了加快地铁建设的步伐，1992年4月，市政府在地铁筹建处的基础上，组建了广州市地下铁道总公司和临时党委，任命市建委城建处处长邵云平为总经理兼党委书记，市委企业工委组织处处长王林生为副书记，原地铁筹建处主任金锋、副主任陈韶章为副总经理，另调市建筑总公司方永平为副总经理。

新班子成员到任后，边了解情况，边统一思想，边理顺关系，边设计，边施工，迅速推进地铁前期各项工作。大家围绕地铁建设目标，一开始配合得不错。然而，随着地铁工程往前推进，大家对一些重大问题产生了不同看法，而领导班子又没有及时把思想统一起来，影响了团结与协调。俗话说，万事开头难。当时最大的困难莫过于思想上的统一。

邓小平南方谈话的发表，对计划经济体制产生了巨大冲击。广州地铁在计划与市场的价值取向上，面临着艰难抉择，尤其是在设计、施工、设备引进、监理等问题上，对是选择社会总承包制，还是选择业主负责制，存在着严重分歧。

主管设计工作的金锋，是一位自学成才的专家。早在地铁筹建阶段，金锋就先后考察了英、法、意、德、日、美等国的地铁，较早接触了西方市场经济思想，逐步形成了以市场为取向的广州地铁建设思路，并主张选择社会总承包制。按照他的思路，地铁总公司只需负责组织协调工作，而不需负责设计、施工、设备引进的工作。在机构、人员配置方面，他也主张精简，认为只需120人左右。对金锋的市场化思路，邵云平有着自己的考虑，他担心社会总承包后，地铁总公司无法控制投资、施工质量和进度。他曾不止一次地强调，业主不能当甩手掌柜，要组织自己的队伍干。

金锋向邵云平提出成立中美合资设计院，其目的是希望能较快地吸收国外技术，加快设计步伐，但此提议没有得到邵云平的正面回应。不久，邵总便将地铁设计总承包委托给铁道部第二勘察设计院，同时委托中国地铁工程咨询公司牵头，组织60多名专家负责设计监理。

在工程施工方面，方永平坚持让市建筑总公司总承包，而市建总也是志在必得，为此做了充分准备。然而，市建总在承包黄沙试验段工程时，表现不佳，致使承包费不断上升，工期一拖再拖。这事对邵云平刺激很大。他担心地铁工程一旦实行社会总承包，地铁总公司便会对承包方难以控制，但最终的风险和责任可能还是由业主承担。于是，邵云平另辟蹊径，引入竞争机制，通过分段招标选择承包商。施工队伍以本地为主，但不排除外地施工队进入。这一举措，打破了原来的利益格局和安排，使一直主张社会总承包的方永平无法接受。他为此感到失望，一年后，他主动要求调回市建总。接替他职务的是市建委城建处处长王文斌。

新班子对如何选择工程监理也是有争议的。由于社会总监理要价过高，地铁总公司迫不得已只好选择业主监理与社会监理相结合，以业主监理为主的两级监理制。为此，地铁总公司联合中国地下铁道工程设计咨询公司组成地铁建设监理总部，总监由地铁总公司王文斌担任，负责整个建设监理的组织、策划、指导及统筹协调工作。与此同时，地铁总公司还委托法国索菲图公司为盾构施工监理。

设备引进因涉及外交显得既复杂又神秘，只有极少数人参与，班子其他成员对这项工作知之甚少。负责这项工作的陈韶章，20世纪60年代毕业于广东工业大学，早期致力于9号工程（地下坑道）的建设，后转入地铁筹备，在技术上有很深的造诣，是国内著名的专家，对广州地铁设备的引进有独到见解。但由于受国内政治和外交约束，地铁总公司几乎没有决策权，设备引进一波三折。地铁总公司先是打算选择法国设备，但因法国卖战斗机给台湾，原计划不得不取消。而德国却乘虚而入，当时的科尔总理专程访华，承诺德国政府贷款给地铁总公司，希望广州地铁选择德国设备。美、英、日等国也相继介入。面对这种变化，邵云平修改了1992年5月地铁总公司同中国机械进出口公司制定的合同文本，把原来的由总承包商引进改为业主分系统引进。通过利用外国贷款5.4128亿美元，地铁总公司共引进机电设备15项。其中从德国引进了车辆、车辆段设备、信号系统、通信系统、交流高中压供电系统、牵引供电系统和电力监控系统；从美国引进了防灾报警系统、自动灭火系统、车站设备监控系统、自动售检票系统和冷水机组；从英国引进了上部接触网系统和排烟风机；从日本引进了自动扶梯系统。此外，地铁总公司还选择德国汉堡公司作为咨询公司，同时指定德国西门子公司担任机电项目管理。

为了适应业主负责制的要求，地铁总公司需要招聘大量的工程技术人员和管理人员。这与当时要求国企改革、转换经营机制的形势大相径庭。我当时作为临时党委副书记，分管组织人事工作。为了调动大家的积极性，我建议总公司采用新机制，尽量避免国企的弊端，打破“大锅饭”，引入竞争，使个人收入适当拉开差距。邵云平不大赞成这种激进式的改革，而是主张改革要积极稳妥，反对马上把“铁交椅”“大锅饭”砸烂，而应先把人调进来，把活干出来，如果改革影响积极性，搞得没人干活，这种改革没有意义。虽然我们在改革问题上出现争议，但这并未影响公司的进人和日常运作。总公司通过媒体面向全国发布招聘人才广告，应聘者川流不息。到1994年9月，地铁总公司从原来的86人迅速增至493人。

地铁总公司也没有处理好与地铁指挥部办公室的关系，在事关设备引进和工程管理方面，经常争论不休。由于职责不清，分工不明确，工作交叉、重复，摩擦经常发生，这些摩擦不同程度地影响了政府的决策与实施。

平心而论，地铁建设，大家碰到的都是新问题。观念冲突在所难免，思想统一谈何容易。认识不统一，甚至各执己见，严重地影响了领导班子的团结。为了解决问题，1994年8月29日上午，黎子流市长在市政府会议室主持召开了地铁总公司领导班子会议。除地铁总公司领导成员外，还有地铁指挥部的副总指挥和指挥部办公室主任参加。黎市长说：“地铁开工8个月来，成绩应当肯定。地铁总公司和指挥部办公室做了大量工作，上下动员，关心地铁，取得了很大成绩，具体不说，今天主要是研究内部问题。这个会一定要开，一定要有结果。”

黎子流严肃地指出，从领导内部的矛盾看，有三个问题要解决。一是地铁总与地铁办的矛盾。大家不能简单地认为是地铁办政企不分，地铁办要协调，要了解情况，地铁总感觉地铁办干扰了他们的工作。地铁总不能这样看。二是地铁总班子的积极性、创造性、高度负责性没有充分发挥出来。我们的企业管理刚起步，党组织要管干部，要加强领导，分清权责。三是地铁总作为“特区”，要提高效率，特事特办。把权力交给地铁办之后，地铁总要善于做公关工作，谦虚谨慎，以理服人，不要因为我强调“特区”，你们就把工作简单化了。接下来班子成员各自陈述了对一些问题的看法，不乏批评与指责，会议直到晚上7点还未开完。最后黎市长要求大家抓住主要矛盾，总结经验教训，正视问题，从积极出主意的角度出发，从团结的愿望出发，一句话，从领导的思想作风上分析，多做自我批评，尽快统一思想，统一行动。

这次会议虽然对大家的思想有所触动，但未能从根本上解决班子的团结问题，因此，市委、市政府决定调整地铁总公司领导班子：免去邵云平总经理兼党委书记职务，将其调回市建委任副主任，地铁办主任陈清泉兼任地铁总总经理，退休师级干部余敏任临时党委书记。由于原党委副书记王林生选任荔湾区人民政府副区长，因此市政府决定任命市委企业工委干部处处长吴慕佳为临时党委副书记。金锋在班子调整前已提前退休，陈韶章、王文斌留在班子继续工作。

第一届广州地铁总公司领导班子组建仅两年就这样“解体”了。回想这段经历，我仍觉得教训深刻，大有“出师未捷身先死”的感觉。

34 让产权点土成金

1995年11月30日，我去荔湾区人民防空办公室了解情况，得知荔湾区人均人防面积不达标，且多年来想建一个地下人防指挥所，一直找不到合适的地方。作为政府分管人防工作的副区长，我对此深感不安。

在讨论人防指挥所选址时，我问地铁一号线附近有没有适合选址的地下空间。这一问启发了人防办赖主任。他说："靠陈家祠地铁站有一条南北走向的规划路尚未拆迁，不过有一小段已经拆出800平方米的路位，可以在路底下建人防指挥所。"我一听，觉得这地方不错，于是，马上去现场察看。

我们来到中山七路陈家祠地铁站出口位置，向北望去，只见中山七路至西华路这段长630米、宽40米的规划路位密密麻麻盖满了砖瓦房，只有靠近中山七路处有一小段被开发公司拆出一半路位，但路位被工棚塞满，其他地方都是民居和厂房。我说："这里建人防指挥所，用地不多，拆迁量不大，而且紧贴地铁，便于战时疏散，是一个不错的选址！"人防办的同志也赞成我的看法。

这事很快便让市人防办知道了，他们很关心荔湾人防指挥所的选址。一天，市人防办副主任张日明来到中山七路，他边走边看，突发奇想，认真地对我说："人防指挥所选在这里好是好，就是面积太小。不如将中山七路至西华路整段路打通，建一座大型的平战结合的人防工程，这样不仅能解决荔湾人防面积不达标的问题，而且还能为当地提供大型商场和就业岗位。”“这个建议很好很大胆哩！”我虽然肯定张日明的想法，但深知仅凭一区之力，难度太大。

是建一个小小的人防指挥所，还是建一座大型的平战结合的人防工程？张日明的建议，深深地影响了我的决心和选择。事后我围绕这个问题，反复思考，反复比较，通过深入各地调查研究，终于理清了思路。

早在20世纪30年代陈济棠主政广东时，广州就在规划这条南北走向的宽40米的康王路。新中国成立后，广州依然保留了这条规划路，只不过由于资金缺乏，此规划蓝图始终停留在纸上。如果我们利用政策，让沿线开发公司把路位拆出来，建设人防工程还是有可能的。但最大的问题是，巨额费用，从何而来？这的确是伤脑筋的事。

我粗略地算了一笔账，目前人防办结存人防费不足1000万，每年收取人防工程费和租金大约300万，靠这点自有资金，要想建一个人防指挥所都很吃力，更别说修建至少需要二三个亿的大型人防工程了。除非有“点石成金”的本事，否则只能是白日做梦。

也许梦想是成功的开始。我知道，如果不趁这条路开通之前把人防工程建了，等这条路开通后，即使有钱，政府也不允许你挖开道路建人防工程了。一想到这个千载难逢的机会，我就觉得不能放弃，一定要想办法让梦想成真。

解决资金问题，难道没有其他办法？那段时间，我苦思冥想各种融资渠道。通过人防政策要钱？虽说人防工程可以减免有关税费，建成后的人防可以出租，但收益太小，回收期太长，还不足以吸引社会投资。向政府和上级人防部门要钱？但区政府财政困难，不可能投资人防，上级部门可能会给点钱，但也是杯水车薪。向银行贷款？拿什么去抵押和偿还，即使能贷几百万也不顶用。思来想去，我觉得这些办法都不能从根本上解决资金来源问题。

俗话说，天无绝人之路。正当我“山重水复疑无路”时，我想起了以前学过的产权理论。我知道产权可以分割，可以转让。如果政府同意出让地下空间使用权，让我们像开发房地产一样来开发地下空间，再加上人防特有的优惠政策，那么就不愁引不来投资者。想到这里，我心里闪过一丝希望。

然而，城市道路使用权历来属于市政部门。将公共产权转让给私人投资者，既无法律依据，又无先例参考。如果不能突破现行产权制度的约束，将道路下面的空间使用权转让给投资者，建设大型人防工程的计划仍将落空。有什么办法能解决这个问题？经过进一步思考，我从产权可以分割的理论中找到了突破口。就像一幢大楼可以分割成若干个单元一样，城市道路下面的空间也可分割为若干层次。例如，将康王路以下2.5米深的空间用来布置各种管线，其使用权出让给市政部门；如有需要，再将2.6米至12米深的空间用来建设平战结合的人防工程，其使用权出让给商业城投资者；如有需要，还可以将13米以下空间的使用权，出让给地下铁道总公司。有层次地出让地下空间的使用权，不仅解决了产权分割的难题，而且满足了多方面的需求，其土地使用效益将成倍增加。至此，困扰我许久的资金筹措问题，在产权理论面前迎刃而解了。

在1996年初广州市人防工作会议上，我向常务副市长陈开枝汇报了关于转让地下空间使用权的建议，并阐述了分层次出让地下空间、提升土地使用价值的构想，它们得到了陈开枝的赞成。他当即同意了出让康王路地下空间使用权的建议，从而解决了人防工程建设中的投资问题。

有了产权，又有人防优惠政策，我对建设康王路人防工程信心很足，于是便开始在国内外寻找投资者。1996年2月6日，我们与香港泰华国际投资有限公司签订了项目合作意向书，他们愿意全额投资兴建康王路地下商业城。同一天，区政府向市政府申请立项。4月19日，我邀请市政府有关部门负责人座谈，请求各部门加快立项进程，因为投资、设计、拆迁都取决于立项。如果该项目不能在合作意向书3个月有效期内得到市政府的批准，那么整个计划都将被推迟。会后各部门加快工作，4月底，市政府终于批准了立项。紧接着，我们在市领导和规划、国土房管部门的支持下，顺利地办理和领取了康王路人防工程建设用地规划许可证、用地红线图、建设用地通知书、用地坐标图，明确了人防工程的产权，为外商投资解除了后顾之忧。

1996年7月18日下午6时，荔湾区飞龙经济发展有限公司与香港泰华国际投资有限公司合作经营康王路地下人防工程项目合同签字仪式在富丽堂皇的白天鹅宾馆举行。合同规定，我方提供康王路地下空间使用权和人防优惠政策，港方负责全额投资和注册资本港币6000万元，并无偿提供2000平方米的地下人防指挥所，兴建本项目所得利润，15%归我方，85%归港方。双方同意该项目由合作公司组织运作，并按合作公司章程处理投资、设计、建设经费、分配、转让、终止等重大问题。

经过五年多的艰苦努力，康王商业城终于建成并投入使用。康王路地下人防工程（即康王商业城）是中南地区规模最大的人防地下工程，该工程主体结构轴线长630米，宽36米，分上、下两层，总建筑面积48160平方米，防护等级为6级。其在负二层南端（中山七路）建有2100平方米的地下人防指挥所。工程设有4个贯通上、下两层的共享大厅，而在商业城的东西两侧则设有16个对称的地面出入口，同时，在陈家祠绿化广场还配有一座专用地下停车场。康王路工程是一个集战备、发展商贸经济、满足城市居民物质文化需要和改善交通于一体的平战结合型人防工程。

这个全国首次引进外资开发的人防工程项目，是运用产权理论的结果。它不仅对城市土地资源的使用产生了巨大的经济效益和社会效益，而且为地方政府如何有效地分配产权提供了成功的范例。

35 西焦煤场如何变成公园

西焦煤场位于南岸路以东的一条狭长地带，占地6万平方米。天气干燥、“风起云涌”时，黑尘滚滚，天昏地暗；雨天则污水横流，环境污染十分严重。该地区居民的呼吸道发病率为全市之冠。对此，当地居民怨声载道，苦不堪言。

2000年7月26日，市人大常委会在南源街召开“32号议案”办理汇报会，市政府有关部门参加了会议。我作为荔湾区的领导也参加了会议。针对西焦煤场的搬迁问题，市计划委员会、经济委员会、规划局都有各自的看法，一时难以达成一致意见。

早在1994年，市第七届人大代表翁文祥、杨资元等10人便联名向市人大三次会议提交《搬走煤场，势在必行》议案，而经委却强调了搬迁的困难，认为倘若找不到理想的新地址便不能搬迁。1997年提议案的部分人大代表，再次跟踪视察南岸煤场，向市政府提交了《关于进一步办好“搬走煤场，势在必行”代表建议的意见》。为此，林树森市长亲自率队到荔湾区召开现场办公会，明确提出：“南岸煤场搬迁问题要坚决办。请市规划局、市国土局批准，由省兴华实业公司征用。”市规划局安排芳村区南漖作为新煤场地址，而市煤建公司认为这一选址不够理想，拒不搬迁。针对这种情况，钟耀罡等17名人大代表于1998年提出了“保障人民身体健康，关闭南岸西焦煤场”的建议。

1999年，南岸煤场被关闭后，人大代表并没有就此罢手，而是继续关注西焦煤场的搬迁问题。在广州市第十一届人大三次会议上，人大代表杨承华等12位代表提出了《关于搬迁西焦煤场的议案》（城建类第32号），该议案措词严厉地指出："在市内继续让这样一个污染严重的煤场存在下去，哪怕是有一千条道理，也是难以容忍的。"

当看见市政府部门"各吹各的号"，互相扯皮时，我的心里有些着急，觉得这样扯下去，不会有好结果。于是，我站在荔湾区人民的立场上，代表区政府发表了意见。我说："西焦煤场的搬迁，从居民到市政府的看法都是一致的，大家是在搬迁后的西焦煤场是给企业综合开发还是用来建学校和公共绿地这个问题上产生了分歧。从荔湾区的分区规划和市民需求来看，荔湾区不缺少高楼大厦，而缺乏相应的公共配套设施，一个拥有十几万人口的荔湾区西部到现在仍没有一块绿地。无论如何，西焦煤场这块地不能搞房地产开发，只能建学校和公共绿地。我区认为，解决西焦煤场搬迁问题，不能依靠房地产开发商，而应该由市政府收回这块地的使用权，由政府通过企业重组、产权置换、出资补偿等办法，解决西焦煤场的搬迁问题。因此，我区建议，我们应按'先关闭，后搬迁，再建设'的思路，尽快理顺各方面的利益关系，在既考虑公共利益又照顾企业利益的前提下，实事求是地解决西焦煤场的搬迁问题。"

为了使西焦煤场问题按我区思路解决，我意识到单靠开一两次协调会，是解决不了问题的，必须依靠人民代表继续对市政府"施压"，这样才能促使西焦煤场尽快搬走。于是，我趁热打铁，支持杨承华等人大代表，向市政府发出紧急呼吁书，呼吁由市政府领导牵头，由市有关职能部门组成专责小组，负责做好协调工作，尽快实施关闭计划。

市人大常委会办公厅高度重视人大代表的紧急呼吁，在收到呼吁后便致函市政府办公厅，要求尽快将材料呈报给市政府领导以协调解决搬迁问题。2000年5月31日，搬迁西焦煤场的事再次引起市人大代表的关注。原因是当代表们专程到现场视察时，看见煤场至今“纹丝不动”，有的代表甚至气愤地说：“再这样下去，就要质询政府！”面对舆论的压力，2001年5月31日，市经委对杨承华等12位代表的建议作出了书面答复，答复里保证说6月30日前将如期整体关闭西焦煤场。

2001年7月19日，《广州日报》以“西焦煤场搬走了”为题，报道了广州市区最后一个煤场的终结。“只见昔日堆积如山的煤场，如今是空空荡荡。民用蜂窝煤车间，已经完全拆掉了，偌大的煤场不见煤山、煤堆的踪影。西焦煤场搬迁清理工作的完成，宣告广州市区煤场历史的正式结束。”

在确定了西焦煤场和油库的关闭日期后，副市长李卓彬先后主持和协调有关部门和单位妥善地解决了用地、人员分流安置和企业补偿等问题。

回顾西焦煤场退出历史的艰难过程，我认为人民代表没有辜负人民的期望。为了搬走煤场，广州市人大代表先后三次提交了煤场搬迁议案，在经过7年的努力后，他们终于如愿以偿。这充分显示了人民代表为人民谋利益的巨大作用。

2004年初，荔湾区政府开始在原西焦煤场的地段上兴建西焦公园，该公园于当年年底竣工。公园规划面积31180平方米，是以绿化、生态功能为主，结合景观、休闲运动、文化等功能建成的综合性开放式公共绿地。建成后的公园，大大改善了城市西部的态环境和居民的生活环境，惠及周边几十万群众，成为老百姓休闲活动的好去处。

在公园的东南边，一座设计新颖的教学大楼巍然挺立。这座教学楼是南海中学的高中校区。谁又能想到，昔日烟尘滚滚、污水横流的煤场，如今竟会变成书声琅琅、花木扶疏的校园呢!

36 出粤引进人才

2004年初，市政园林局党委决定从外省引进一批专业人才，主要招聘市政、园林、自来水、污水处理、天然气等专业的博士研究生。我作为分管人事工作的党委副书记，和组织处处长张岳炎负责这项工作。我们先后西出成都，东进上海，北上首都，同国内名牌大学即将毕业的博士研究生，面对面交谈，考察广州急需人才。这些情景至今仍历历在目。

盛夏，我在成都某科技大学的礼堂，面对朝气蓬勃的大学生，发表了即席演讲。演讲中，我介绍了广州的发展成就和灿烂前景，其中有一个观点拨动了大学生的心弦。我说，选择一个城市比选择一个企业更重要。因为城市将是他们工作和生活的基地，退出一个企业容易，但退出一个城市并非易事。广州为他们创业提供了非常好的条件，选择广州将成就他们辉煌的人生。从大学生热烈的掌声中，我觉得他们认同我的观点。

演讲结束，当我走下讲台时，大学生蜂拥而上，争相向我递交申请表。这一刻，我和年轻人一样，热血沸腾，心情难以平静。从他们渴望的眼睛里，我似乎看到了广州的希望。

在苏州某高校，我们见到一位学园林的博士，对城市园林绿化颇有研究，在国内期刊发表了不少论文，这正是广州需要的人才。虽然不少单位想“挖”他，但因为我们没有放弃，努力劝说他来广州工作，这位博士最终选择了广州。

我们还从网上报名中筛选了一些人才，准备逐个面试。

有一位女博士是上海市政局的，条件不错，35岁，是上海“三八”红旗手。我们市政维修处很需要这样的人才，为了找她面试，我们特地从苏州赶到上海，约她次日上午10点在酒店大堂咖啡厅见面。

这天上午，我们按时从酒店下到大堂，我环顾四周，发现咖啡厅靠近窗口的圆桌边，坐着一位女士。她身穿黑色套装，一副深色墨镜遮住了半个脸。只见她东张西望，不安地注视着从电梯走出来的人，我断定她就是我们要找的女博士。当我们上前询问时，她自报家门，果然是我们要面试的女博士。

我们坐下，开始聊起来。我问了几个有关道路维修的专业性问题，她却回答不上来，一时显得窘迫。她只好实话告诉我。原来，她不是市政专业的，而是学市政管理的。于是，我又问了一个管理学理论问题：“为什么公共产权的效率不高？”她东拉西扯，说了几句，有点不着边。这时我心里基本有底了，再问下去没意义。于是，我转移了话题，问了问上海市政情况，面试就匆匆结束了。

她似乎感觉到了面试结果不好，因为在我们去机场的路上，我收到了她给我发的短信。她在短信里声称自己因工作忙没做好面试准备，恳请我们录用她，来广州后她一定努力工作。我没有回信，说实话，她不是我们想要的“菜”。

从上海飞到北京时，暮色降临，华灯初上。我们在北京林业大学旁边的咖啡馆，订了三个座位，并像当年的地下工作者一样，设定联络方式，开始打电话约“北林”博士来面试。就这样，当我们面试完最后一位博士时，已是晚上9点。这时的我们饥肠辘辘，只得赶紧去找饭馆吃饭。

那年，我们先后为广州引进了31名博士，60多名硕士。他们分别被安置在市政、园林、水务等重要技术岗位上，为广州的城市建设和管理发挥了重要作用。后来虽然有不少博士离开了市政园林局，但他们依然留在广州，成为了各方面的骨干和专家。

37 首创政府决策志

2007年1月，我到市地方志办公室上任不久，就组织《政府志》的主审工作。当看完这部稿之后，有几个问题一直在我脑海里挥之不去。首先，我感觉“政府志”这个名称有点名不符实。从记述内容看，其大多属于政府内部的事务性工作。其次，《政府志》也没有记载政府的重大决策活动。还有一个感觉，《政府志》没有地方特色，缺乏创新，跟首轮修志无论在名称、结构，还是记述方法上都大致相同。

这些问题，要不要在主审会上提出来？说心里话，修志，我是个门外汉，他们都是领导和专家，如果我说错了，不仅丢了面子，还会影响今后工作的开展。我想，在大是大非面前，不能只顾个人得失，应考虑志书的质量。最令我纠结的问题是，一方面，《政府志》木已成舟，只要主审会议通过，便可进入出版程序。另一方面，《政府志》如果马马虎虎通过了，留下“硬伤”，我作为地方志办公室主任，将承担不可推卸的责任。是让《政府志》通过，还是对《政府志》做重大调整？经过反复权衡，我选择了后者，即把自己的想法，提交主审会议研究。

几天后，《政府志》主审会议在市地方志办公室三楼会议室召开。总纂杨资元（原市长），主审石安海（原副市长）、任荣江（市人大原副主任），方志办原主任程慧、副主任陈泽泓参加了会议。会上，我指出了《政府志》存在的问题，并建议将《政府志》一分为二，设《政府决策志》和《政府事务志》。经过认真讨论，大家接受了我的意见，我原先的顾虑和担心顷刻化为乌有。

对《政府志》的调整，意味着大动“干戈”，从一部志书变为两部志书，并不是只需简单地在原志稿上的改动，而是要另起“炉灶”。虽然《政府事务志》可在原志稿上调整修改，但《政府决策志》则要重新组织编纂。

当市政府办公厅修志小组得知《政府志》要推倒重修时，他们的反应很强烈，不同意将原《政府志》一分为二，认为《政府志》符合修志惯例，不必大改，设《政府决策志》，虽突出政府作用，但市政府与市委的关系不好处理。

我知道，如果不从理论上说清市政府决策与市委决策的联系与区别，他们对《政府决策志》就无法接受。好在以前我对政府决策有所研究，我的博士论文研究的就是中国地方政府决策问题。我认为，政府决策主要是对公共事务的决策，也就是依照法律履行公共职能的决策。这跟市委的政治决策虽有联系，但决策的范围、领域不同。基于这种认识，我基本说服了办公厅的修志小组，但主管修志工作的办公厅领导却犹豫不决。

为了尽快启动《政府决策志》的编修工作，我和副主任胡巧利拜访了市政府秘书长、办公厅主任陈如桂。我向他详细汇报了编纂《政府决策志》的动议和思路，并特别强调这部志书在中国是首创，如实记载政府重大决策事项，对于了解广州发展的真实原因，增强政府工作透明度，增进政府与人民的关系，将产生深远影响。我试探着问陈如桂：“这部志修与不修，最终由你拍板！”他沉思了一会儿，对我说：“还是修吧。”

我们如释重负地回到办公室，立即着手研究《政府决策志》的编修方案。在设计《政府决策志》的框架时，我们以市政府职能为基石，围绕公共决策问题，构建了以经济发展、市场监管、城市建设、社会管理、公共服务为大纲的基本框架。《政府决策志》以章节体和条目体相结合为体例，以决策背景、过程、内容和实施效果为记述决策事项的必要内涵，以真实性、思想性、逻辑性、可读性为标准要求，记述范围为广州市第九届至第十一届政府的施政活动。资料来源主要是市政府文件以及亲历者的口述回忆。

2007年9月，市政府办公厅成立《政府决策志》编纂委员会，下设修志办公室，组成《政府决策志》编辑部，并计划由市政府办公厅牵头组织，市地方志办公室指导，36个政府工作部门参与编写，共同完成编修任务。

2011年11月23日，市政府举行《广州市志（1991—2000）》首发式暨《广州市志（1991—2000）》专家评论会，来自全国各地的专家对《政府决策志》好评如潮。中国地方志指导小组办公室联络处处长、研究员张英聘认为，《政府决策志》的设置，突出了政府决策的记述主体，通过以事系人的记述方法，展现出决策者的思想和活动，此外，它是在政府众多的决策事项中挑选出重大决策事项，求特不求全，使全志的官书特色更为突出。它还可让读者从中汲取执政、为政的经验教训，从而更好地发挥志书资政、存史、教化的功能。北京市地方志办公室主任王铁鹏也对《政府决策志》给予了很高的评价。他说："《政府决策志》较客观、详细地记述了政府的决策过程，既体现了政府工作的重点和主要特点，又不会与《政府事务志》等分志重复，这是一个大胆创新，值得在编纂政府志时借鉴。”《广州日报》《中国社会科学报》等报刊、杂志均以较大篇幅介绍了《政府决策志》的编纂思路和记述特点、亮点。

《政府决策志》的成功编纂，打破了历朝历代政府决策的“神秘感”，开创了中国地方志记载政府决策活动的先河，具有创新和示范意义。

38 珠三角的年鉴

2009年6月5日，我率领广州市地方志考察组到武汉市地方志办公室考察学习。在工作交流中，我们对他们组织编纂的《武汉市城市圈年鉴》产生了浓厚兴趣，尤其是武汉市地方志紧跟当地发展步伐，为城市发展提供资政资料的做法，让我们深受启发。

这使我想起考察前，地方志办公室学习中心组在学习2008年12月国务院颁布实施《珠江三角洲地区改革发展规划纲要（2008—2020年）》时，曾提出的广州地方志应该在促进珠三角发展中有所作为。如何作为？当时的思路尚不具体，只是要求有关处室要主动收集珠三角的发展资料。如果我们组织编纂珠三角年鉴，那地方志的作用就更大了。想到这里，我有些激动，仿佛看见一部装帧精美的《珠三角年鉴》呈现在读者面前。于是，我把自己的想法，告诉胡巧利副主任。胡巧利以不容置疑的口吻对我说："这事有意义，值得做。"

然而，想事容易做事难。经过不断思考，我把面临的困难和问题梳理出来。首先，珠三角的9个城市，分别隶属于不同的地方政府，如何争取他们的同意？其次，由谁牵头，是省志办，还是我办？第三，采取何种组织形式，是依靠行政力量，还是构建合作平台？第四，经费从何而来，是广州出钱，还是各市分摊？要编纂珠三角年鉴，上述问题是绕不过、避不开的。只有回答和解决了这些问题，珠三角年鉴的编纂才能启动。

为了争取广东省地方志办公室的支持，我在北京参加中国地方志指导小组会议期间，主动向陈强主任汇报广州想编纂珠三角年鉴的想法，并建议省志办牵头组织。陈强虽然口头支持我的想法，但对省志办牵头并未表态，这多少有点让我感到遗憾。

省志办不牵头，依靠行政力量推动只是一句空话，由广州牵头，组织协调的难度将更大。这事还做不做呢？当时我心里很矛盾。放弃吧，有点不甘心，不放弃，能否成功，心里又没有把握。俗话说，世上无难事，只怕有心人。要做，就要做前人没有做过的事。只要用心去做，没有克服不了的困难。一想起珠三角年鉴诱人的前景，我的信心更足了。争取省志办牵头是最佳选择，不妨再试试看。

不久，我跟胡巧利来到陈强办公室，反复强调省志办牵头的理由。我说："只要省志办牵头，发个文，其他事都由广州操办。"陈强没有做任何解释，便斩钉截铁地说："这事还是由你们广州牵头，我们省志办参与和支持。"事已至此，我们只能按广州牵头的思路推进了。决心已定，再大的困难，也要义无反顾，硬着头皮上了。

有了坚定的决心，就有了干事的激情。很快我们就策划出了《珠江三角洲城市群年鉴》（以下简称《珠三角年鉴》）的编纂方案。初步构想是，构建9市合作平台，打破"不越境而书"的行政限制，成立编纂委员会，由省委常委、广州市委书记任主任，省志办主任和各市分管地方志的领导任副主任，各市地方志办主任为委员，编辑部设在广州年鉴处，出版经费由广州市财政安排。

接下来，我和胡巧利、广州年鉴社总编辑谭惠全、广州年鉴社副总编辑阳晓儒便马不停蹄地分赴东莞、中山、珠海、佛山、江门、肇庆等市，与其地方志部门主要领导协商，得到了他们的响应和支持，并迅速落实了编委会成员名单。但深圳市和惠州市仍在考虑之中。12月，借参加深圳市史志办公室承办的珠三角城市年鉴运动会，我向省志办陈强汇报了珠三角年鉴的筹备情况，并请求他出面做做深圳、惠州两市的工作。谭惠全、阳晓儒也直接与两市地方志领导进行了协商，《珠三角年鉴》的编纂方案终于得到了他们的支持。至此，《珠三角年鉴》编委会成员和组稿问题全部得到解决，《珠三角年鉴》编纂的“共同参与，平等合作”机制初步形成。

这是一部跨地区、跨行政、跨界别的全新的年鉴。然而，正由于以前没有人编过，所以，国内尚无经验可借鉴。如何设计年鉴的框架？对我们而言，这又是一个不小的挑战。我们深入研究了《规划纲要》的核心思想，决定将城市合作交流与市场一体化作为《珠三角年鉴》的主题。基于这种考虑，我们以《规划纲要》为依据，设计了全书的框架，大致分为三大部分。第一部分是地区综述，设“基本情况”“大事记”“区域协调”“合作交流”4个篇目。第二部分是各市发展，设9个篇目。第三部分是附属资料，设“统计资料”“珠三角发展研究论文摘要”“文献法规”3个篇目。

《珠三角年鉴》编辑部作为编委会的日常工作机构，设在广州市地方志办公室，挂靠在年鉴工作处（广州年鉴社），其他各市地方志办（年鉴社）也相应成立了编辑小组，负责本地的组稿工作。此后，市地方志办向市政府提交了《珠三角年鉴》编纂方案和经费预算方案，这些方案得到了市长张广宁的批准。不久，广州市财政局便拨款50万元，用于编辑出版工作。

2010年6月2日，《珠三角年鉴》编纂工作会议在中共广州市委常委会议室召开。就在会议即将召开的前一个小时，省志办的领导对年鉴的名称提出了不同看法，建议将“珠江三角洲城市群年鉴”改为“珠江三角洲年鉴”。“城市群”这三个字要还是不要？我们把握不准，便立即请示市委书记张广宁，张广宁没有表态。怎么办？我们私下议论，认为“城市群”这三个字不能改。改了，就失去了这部年鉴的丰富内涵和特色。我当时判断，张广宁不表态，说明他仍然认可用“珠江三角洲城市群年鉴”这个名称。于是，我自作主张保留了“城市群”三字。会议如期召开，并宣布正式启动《珠江三角洲城市群年鉴》首卷的组织编纂工作。

中共中央政治局委员、广东省委书记汪洋亲自为《珠三角年鉴》作序。在编委会全体成员的共同努力之下，大家仅用半年时间，就完成了组稿、编辑出版工作。

终于，2010年的最后一天，《珠江三角洲城市群年鉴》（创刊号）首发式在广州市委礼堂举行。会议由广州市副市长甘新主持，中共广东省委常委、广州市委书记、编委会主任张广宁，广东省地方志办公室主任、编委会副主任陈强，珠三角各市的编委会成员，9市地方志办公室（或年鉴社）负责人，各编写组成员，广州地区公共图书馆、高校图书馆负责人等出席了会议。会议向广州地区图书馆赠送了新出版的《珠三角年鉴2010》。

《珠三角年鉴》的出版发行犹如一声春雷，响彻南国大地，引起社会各界的广泛关注。省市领导、党政机关、年鉴编纂单位、科研部门纷纷来信来电征订。汪洋同志在广东工作期间关心《珠三角年鉴》的编纂出版，到中央工作后，还继续通过秘书来电，要求送去最新出版的年鉴。中国地方志指导小组办公室要求我们的编辑部每年将新出版的年鉴送给办公室领导，其还在《中国地方志》杂志开辟专版介绍《珠三角年鉴》。广州市社科院研究人员反映，《珠三角年鉴》是科研人员研究珠三角的重要参考资料。此外，《长江三角洲年鉴》编辑部、宁波市史志办等多个单位也纷纷来电要求以其《长江三角洲年鉴》与我们交换《珠三角年鉴》。中国出版协会年鉴工委会主任许家康对《珠三角年鉴》给予了高度评价，并建议《珠三角年鉴》拓宽记述范围。根据他的建议，从2012年卷开始，《珠三角年鉴》增加了泛珠江三角洲地区的资料，使年鉴的覆盖范围扩大至九个省两个特别行政区，进一步增强了年鉴的广泛性、资料性和实用性。

如今，这部年鉴每年都在真实地记录着珠江三角洲城市群改革发展的历史进程和泛珠三角的发展情况，其已经成为共和国史册上一颗璀璨的明珠。

39 他一直活在我心里

1987年初，我从部队转业至市委经济工作部，一报到，就听说经济工作部要撤销。有人不解地问我：“你干吗来经济工作部呢？这个部门很快就要散伙了。”我说：“没关系，听天由命。”

虽然经济工作部快要撤销了，但部领导丝毫没有对工作放松，一切工作照常进行。我被分到调研处，分管我处工作的是副部长李基，他对我非常关心，找我谈话，担心我从正团降到正科思想转不过弯来。其实我早有思想准备，既然转业地方就得重新开始。我当即向领导表示，一切服从组织安排。

过了几天，部领导安排我去参加机电局年终工作总结会议。我们处负责广州大中型企业厂长负责制工作，我们经常要骑自行车去企业调研，早出晚归，回来后则要马上整理情况，向李基汇报。他对工作认真细致、一丝不苟的态度给我留下了深刻的印象。

半年后，经济工作部撤销了，我被留在政治体制改革研究室工作，随后，广州市委政治体制改革办公室成立，李基同志担任办公室主任，我先后被任命为党群改革处副处长、处长，在他的直接领导下开展党政分开和“两公开一监督”（公开办事制度，公开办事结果，接受群众监督）工作。由于工作关系，我们经常在一起讨论问题，研究工作，我从他身上学到了不少好思想、好作风、好方法。

1991年，政治体制改革办公室被撤销，随后成立了市委企业工作委员会，我被任命为组织处处长，李基同志继续担任我的领导，指导我开展企业党的建设和思想政治工作，这种情况一直保持到1992年8月我离开工委去广州铁道总公司任党委副书记。

在他手下工作的五年，是我人生中进步最快的五年，我从正科级干部逐步升到广州副局级干部，与李基同志的教育培养是分不开的。

李基同志是我遇到的最好的领导之一，他不仅关心下属的成长进步，而且关心下属的家庭生活，亲自出面解决下属的配偶、就业、住房等实际困难。

不幸的是，李基同志从工作岗位上退休不到一年，就因病去世了，那年他才64岁。他曾说，退休了就会有时间逛公园了。令人没想到的是，他的生命在其晚年刚刚来临时，就匆匆结束了。想起他就唏嘘不已。两年后，也就是1999年6月8日，我写下了《我认识这样一位共产党员》这篇文章来缅怀他。

40 处女作

我年轻时写过散文，写过诗，也写过报告文学，就是没有写过小说。从部队转业到地方，我尝试着写过几篇短篇小说，希望能在报刊上发表，其中有两篇被《惠州文艺报》采用。《送行》是我的处女作，另一篇是《晚霞染红了小溪》。

20世纪80年代，广州作为改革开放的前沿地，与海外交往日益频繁，随之，人们的思想观念也发生了很大变化。过去人们害怕有海外关系，现在有海外关系的人却成了“香饽饽”。有些女青年嫌贫爱富，专门寻找有海外背景的人结婚，纯洁的爱情逐渐被金钱所腐蚀。《送行》这篇小说就是在这种社会背景下构思的。小说情节很简单，主角周天与苏漫在南方大厦偶遇。当得知周天有个在台湾的企业家舅父，正打算资助他去日本留学时，苏漫便动了主动追求他的心思。而周天却不卑不亢。出国前，当苏漫赶到白云宾馆为他送行时，周天却向苏漫介绍了前来送行的家乡女朋友，苏漫对此大惑不解。小说赞扬了周天不为美色所动，坚守纯洁爱情，与乡村姑娘不离不弃的美好品质。

虽然二十多年过去了，但这篇小说并未过时，它弘扬的主旋律仍是我们这个时代需要的。

为了纪念在1979年那场短暂的中越战争中牺牲的战友，我在《晚霞染红了小溪》这篇小说中并没有去描写战友勇于牺牲的英雄形象，而是选择了一位烈士妹妹的故事作为小说的素材。战后有不少烈士的妹妹参军，她们有的留在部队提干，有的复员回乡务农。她们替兄尽义务的事迹在后世留下了不少佳话。《晚霞染红了小溪》这篇小说正是为歌颂无数烈士妹妹的善良、纯朴、无私奉献的崇高精神而写的。小说的情节是这样的：刚从护校毕业的江燕回到罗浮山医院，觉得这鬼地方的生活寂寞又单调。傍晚，当她散步到熟悉的小溪边时，突然想起一个姑娘。那姑娘就是烈士的妹妹朱婉霞，她俩曾朝夕相处。朱婉霞为了让江燕有更多的时间复习功课，便主动替她洗衣服。江燕后来终于考上了护校，而朱婉霞三年前却复员回到农村。想到这里，江燕感到十分内疚。

每当想起小说的主人翁，我就会肃然起敬。

41 公选者说

2001年底，广州地区各大新闻媒体公布了一条足以吸引人们眼球的重要消息，广东省副厅级领导干部第三次公开选拔拉开帷幕（开始接受副处以上干部报名）。当时我在荔湾区任副区长，说心里话，去省机关任副厅长对我没有多大吸引力。但公选作为干部人事制度改革的尝试，对我却产生了很大吸引力。我想试试自己的能力，于是报名参加了省政府办公厅副主任职位的竞争。

全省参加公选的有2173人，竞争的职位只有20个。通过公平公正的笔试，六大类共有202名入围者，我是入围者之一，随后，省公选办通知我于2002年3月4日至18日参加为期半个月的面试培训。这次面试，主要内容为听领导讲课、封闭写论文、给机关上党课，学员不准带通讯工具、电脑、参考资料进考场。从听课的第一天开始，个人的一切表现便被列入面试的考察范围，时间之长，观察之久，是以前的面试从未有过的。

听完领导讲课，我们第一批学员就乘车去顺德市委党校写论文。这里四个人一间寝室，大门有武警站岗，不准考生出党校，学员只得完全凭记忆和平时的积累完成论文的写作。

选什么题目，对论文质量至关重要。一般来讲，应尽量写自己熟悉的问题。我通过回忆在政府工作的经历，并结合实践，最终选择了“发展社会主义市场经济，增进党和人民的血肉联系”作为论文题目。我的结论是，发展市场经济，不仅不会疏远党和人民的关系，而且还会进一步增进党和人民的关系。后来这篇论文被《羊城晚报》求是版发表，同时被中央文献出版社收进其出版的文集。

一个星期结束后，我们按时向公选办提交了论文。回到省委党校的当天下午，我们就面对考官给机关上党课，课程全程被录音录像。我讲课的题目是“机关要为政府决策服务”。

这次面试培训我最终获得80.18分的成绩。我在公选中的表现被作了如下鉴定：“该同志有一定的理论水平和较强的综合分析能力，能比较准确地运用基本理论探索和分析改革开放和现代化建设的重大问题，能较好地将学习理论与个人思想、实际工作结合起来。其在学习研讨上的发言思路清晰，分析问题有其内在的逻辑性，能尊重老师和同学，谦虚待人，严于律己，积极参加各项集体活动，有良好的作风和大局意识。”我对这一评价甚为满意。虽然我在公选中没有被省委组织部录用，但公选改变了我对党政干部选拔任用的看法，使我获得了宝贵的实践经验。后来我在担任广州市市政园林局党委副书记期间，也运用公选的方法面向全市公开选拔副处级领导干部，给局干部队伍注入了新的活力。

当广东省第三次公选落下帷幕，次年第四次公选便开始了。这次公选我作为命题组成员，同省委组织部副部长、省委机关工委书记罗东凯，还有省委党校副校长陈鸿宇、省政府研究室汪一洋、中山大学教授蔡立辉等六位同志，一起去南海西樵山命题。这次经历使我增长了见识，我从他们身上学到了不少东西。去年是别人命题考我们，今年却是我们命题考别人。这种换位思考，让我对公选有了更深切的体会。

42 纵论天下

关心政治，就是关心大众之事，亦即关心自己的事情。中国古代哲学家老子说，“天下难事必作于易，天下大事必作于细”。想问题，做事情，必须从大处着眼，小处着手。这是我多年来借助工作实践开展理论研究的一点心得。

进入21世纪，我国经济社会转型处在关键阶段。我在政府部门任职，明显感到面临的新问题越来越多，压力也越来越大。为了正确处理政府与市场、政府与社会的关系，我集中注意力，重点研究了政府职能转变、公共服务、合作与领导能力等问题，先后在国内刊物发表了30多篇论文。这些文章后来被收入《中国经济社会转型的理论思考》一书。

某伟人曾说，一个缺乏理论思维的民族，是没有希望的民族。2007年之后，我连续两届担任广州市政协委员。作为政协理论研究会常务理事，我结合人民政协的职能，深入探讨了公共决策、协商民主和民主监督等重大理论问题，并先后发表了3篇论文，在一定程度上引起了理论界的关注。

自古以来，无论是专制社会还是民主社会，人们都会遇到个人与组织难以解决的公共决策问题。为了将民主协商引入公共决策之中，我深入分析了传统的公共决策模式，发现以往的决策容易产生决策的内部和外部成本，从而背离公共利益。如何通过民主协商，使各方利益形成均衡的态势？经过深入思考，我认为应在现行的政治制度框架中，重构民主协商的公共决策机制。理由是，公共决策的主体是公民。公民有权对公共事物作出最终选择；公共决策的范围和内容只能是在公共领域发生的公共事务；公共决策的规则是民主协商；公共决策的程序是人大、政协根据民意提出议案或提案交给政府选题，政府根据经济社会发展计划和财政能力安排决策议题，并将决策议题交给政协组织民主协商。政协利用政治协商会议平台与社会中各种政治力量的联系对决策议题进行广泛而充分的协商，并将协商结果报告政府，政府根据协商结果做出安排并组织实施。人大对政府执行公共决策的情况进行监督，并将决策的实施结果向社会公开。这种闭合式的民主协商公共决策机制，能够充分发挥现有政治制度的优越性，便于公民与地方人民代表大会、政府、地方政治协商会议形成互动机制，进一步明确公民与人大、政府、政协在公共决策中各自享有的权利和承担的责任，从而形成一个既分工合理，权责分明，又互相制衡，互相促进的公共决策新机制。后来，我将以上认识写成《重构民主协商公共决策机制》一文，在国内刊物上发表。

在撰写《政治博弈中的协商民主与协商机制》这篇论文时，我对协商民主有了新的认识。我认为，协商民主是政治协商制度的内核，是各方参与的政治博弈；协商民主的目的是实现各方利益的均衡，共识是协商的结果；协商机制是协商民主的重要保障，它的原动力来自于社会对公共利益的需求，其运作方式，是通过谈判（对话）、妥协达成协议，从而发生作用。

民主监督是政协工作相对薄弱的环节。究其原因，主要是其对监督谁、监督什么、如何监督等重要问题，在理论上没有弄清楚。为了弄清这些问题，我选择民主监督这个难题，开展理论研究。我发现，民主监督的实质是人民的监督。人民把自己的权力委托给政府行使，因为分散的个体，在信息不对称的状态下，不能有效地对代理人实行监督。虽然政协承担了民主监督的职能，但其只停留在提案、视察、检查等工作上。如何将民主监督从一般工作上升为政协组织行为，并使其成为一种制度安排，这是我深入研究后发现的一个重要问题。从目前政治体制运行看，我国实行的是中国共产党领导的多党合作制度，所有的重大政治决策都是民主协商的结果，因而不存在“多党”对“一党”的监督问题，这导致对政府的监督长期缺位，至今没有一个组织能对政府实行民主监督。如果政协组织承担起对政府的监督，这将改善我国政治体制的内在结构。正是基于这一思路，我撰写了《人民政协民主监督的制度安排》，在这篇论文中，我大胆地提出一个观点：人民政协民主监督，不仅仅是工作上的监督，更是一个组织对另一个组织行为的监督。该观点丰富了民主监督的内涵。

在工作实践中，我深深体会到，理论是行动的先导。只有认识天下事，才能管理天下事。唯有遇到问题不放过，研究清楚再去做，善于运用理论解决实际问题，在解决实际问题中提高理性认识，做事才容易收到事半功倍之效果。

43 理论探索无止境

到地方志办公室任职以来，我以极大的热情关注地方志理论的发展，并结合工作实践，学习和探索地方志理论，先后组织出版了两本新世纪方志论文选，并为其作序。

以前我对地方志几乎一无所知。为了尽快熟悉地方志工作，我从方志馆找来了《中国地方志辞典》和专著，以及相关的历史文献，如饥似渴地开始了学习和研究。我曾认真地对副主任胡巧利说：“你是这方面的专家，我拜你为师，计划用三年时间学习方志理论，力争达到本科生的水平。”正是通过不断的学习，我如今对方志理论才有了初步的了解。

与此同时，我还在广州市地方志学会大力倡导方志理论研究，并担任志书质量控制研究课题组组长。该研究成果后来获得了市社科研究三等奖。

为了将方志理论研究引向深入，我大胆地提出了广州特色地方志理论体系，并组织本办的理论骨干，围绕地方志的性质、修志制度、工作机制、成果利用等前沿问题，展开深入探讨，尽管还来不及整理成系统化、理论化的专著，但陆续发表的论文，在国内产生了较大影响。

我的几篇论文被收进广州地方志论文选，主要有《设置政府决策志的初步构想》《修志依靠人民、修志成果人民共享》《地方志的基本属性与“官修”制度》《影响地方志书质量的主要因素及其控制方法》等。这些文章基本反映了我对地方志工作的新认识。例如，关于地方志的性质，我认为其不仅是资料性文献，而且还是公共文化产品，这种界定拓展了地方志的外延。对修志工作，我提出了“开门修志，社会参与”的新思路，从而使修志形成了新的工作机制。又如对修志成果的利用，我提出了全民共享的理念。另外，对地方志一直遵循的“不越境而书”的古训，我通过组织编纂珠江三角洲城市群年鉴，突破了传统观念的束缚，拓宽了地方志合作的渠道。

这两篇序言，基本总结和概括了广州市地方志工作者十多年来的研究成果，为中国地方志理论的发展贡献了自己的绵薄之力。

44　一序一评见友情

20个世纪90年代初，我就认识忠耀兄，但真正与他交上朋友还是到地方志办公室任职后。他是地方志办公室副主任，在我到职前就已退休，由于他积极参加办公室组织的各项活动，我与他接触的机会越来越多，对他的了解也逐步加深。

忠耀兄是湖南人，长期当兵，为人实在，性格开朗，原在广州军区保卫部，退役后先转业到市委老干局，后调至地方志办公室。退休后爱好写诗，经常有作品见诸报刊。

一次，方志办组织党员参观东江纵队司令部。在闲聊时，我对他说很欣赏他那句“老牛踏进青草坪”的诗，鼓励他多写，并说何时出诗集了，我为他作序。没想到两年后，他就把二百多篇诗稿放在我的案头上，取名“牛郎诗集”。我只好绞尽脑汁，为他作序，并在序中称忠耀兄是多情的牛郎，勤奋的牛郎，快乐的牛郎。他对我的评价感到满意。

说到这里，有一个小故事值得记上一笔。据说在我作序之前，忠耀兄就曾找原市长杨资元为《牛郎诗集》题字。杨市长把诗稿放在一边，既不说写，也不说不写，这一拖就拖了半年。后来他拿着我写好的序又去找杨市长，这回杨市长二话不说，立即挥毫题写了“牛郎诗集”四个大字。忠耀兄如愿以偿。

又过了两年，他的第二本诗集《百花诗集》即将出版。这次我明确告诉他，序我就不作了。他追问：“可否为诗集写个诗评？”我没有答应，但留下一句话：“到时再说吧。”

很快他就送来了散发着油墨香味的《百花诗集》，并再三请求我为他写个诗评。看他那诚心诚意的神态，我不忍推辞，只好答应了。

我从来没有写过文艺评论，要写好诗评对我来说是一个很大的挑战，但朋友所托，不能让他失望。于是我反复阅读那本《百花诗集》，从不同视角寻找诗的文化根基。经过半年多的思考，我终于写出了题为“百花盛开，清风自来”的诗评。此稿后来发表在了《红枫》刊物上。

以诗传情，以文会友。我和忠耀兄的友情，源于《牛郎诗集》，系于《百花诗集》。如今我仍然关注他的新诗，在微信朋友圈里欣赏他那情真意切的作品，偶尔也会来两句评论。正是由于共同的兴趣，我们越走越近。

45 我为《羊城今古》作篇首语

《羊城今古》是广州市人民政府地方志办公室内部期刊，每季出一期，一年出四期，创刊以来深受海内外读者欢迎。

2012年初，在《羊城今古》编辑部在研究新年办刊思路和栏目时，我提议可否为每期撰写篇首语，以便让读者一接触刊物，就了解本期的主旋律和导向，此提议得到大家的赞同。但谁来为篇首语撰稿呢？大家面有难色，没有人愿意主动承担。我建议让办公室几个笔杆子轮流写稿，大家也是推来推去，个个觉得难写。解铃还须系铃人。于是，我自告奋勇来写篇首语。

篇首语这种文体，我以前从未碰过。究竟怎么写，我的心里也没谱。经过几天的反复思考，我觉得篇首语应有自己的特色，不能写成干巴巴的八股文，应该写得富有哲理性和可读性，文章主题要鲜明，篇幅要短小，文字要优美，既要有诗一般的境界，又要如散文一样的流畅。这就是我后来写作篇首语的基本格调。

对于篇首语，每期我都会选择一个主题，以期从不同角度表现修志人的梦想与追求，诸如《攀登理论高峰》《增强方志文化自觉》《点燃创新之光》《坚守我们的精神高地》《守护文化之根》《时代呼唤新文化》《让历史名人走进公众视野》《走向开放的修志》《修志问道》等。这些文章虽短，有的不足千字，但内涵丰富，激情澎湃，给人一种积极向上的力量，受到了读者的好评。

2014年1月，我因退休离开了工作岗位，每期必有篇首语的传统在《羊城今古》也随之画上了句号。

46 记住乡愁

我的出生地在白杨镇连山村咀上王。出生第二年，长江发大水，决堤，洪水冲垮了我家祖屋，父母亲只好把屋建在远离湖边的上塘。我正是在这里逐渐长大。

还未满6周岁，我就去连山村小学报名上学。开学那天上午，我搬着木凳去周家祠堂上课，后来因小学搬到了熊家村，我不得不在熊家村读完了四年级。当时教我语文的是顾老师，她是县城人，身材修长。教美术的是蔡金转老师。

初小升高小，我们这一届统考成绩最好，受到了老师的称赞。我的五、六年级是在陈家畈中心完小读的。星期天下午我要背着米、红薯和装满干菜的竹筒，走五里路去学校住读，下个星期六才能回家。那时教我语文的是罗老师，教数学的是曹树栋老师，教历史地理的是从海军转业回地方的夏老师。我记得自己在五年级写了一篇作文，题目叫“我的家乡”。文章记述的是，我爬上武山顶，看见浩荡东去的长江中的轮船吐着黑烟，正缓慢地驶向远方的情景。这篇记叙文被老师当作范文在全班朗读。

高小升初中，是全县统考。我被全县最好的瑞昌中学录取，从此离开了黄桥中心小学。

回忆儿童时代，我最早接受启蒙教育的地方是连山小学，还有黄桥中心小学。这是我真正的母校，给了我知识和智慧，这是我一辈子都不会忘记的。

感谢老师！

47 到青山寻找仙人的足迹

青山是我故乡的一座名山。小时候的我只知其名，未识青山真面目。

第一次去青山，还是我上初中的时候。一天傍晚，学校突然接到县政府通知，该通知要求学校组织师生去青山灭火。我们分乘十多辆大卡车赶到青山时，已是深夜。我们到达时只见火光冲天，根本无法接近，于是只好原路返回。青山究竟是什么模样，我并没看清楚，青山在我心中依然是模糊的。

长大后我去广东参军，随后又留在广州工作，其间，我虽然多次回家省亲，但一直没时间去青山。前年回家，二弟说青山王道姑邀请我们去玩，我当即便答应了。这天天气晴朗，秋高气爽，我们径直爬上了青山主峰，感觉一览众山小，唯有青山高。登高望远的我们，心情特别好。

下山后，道姑要我为青山写点东西，并送给我有关青山道教的资料，我答应了。经过半年多的思考，我终于写成《到青山寻找仙人的足迹》这篇散文，也算是为宣传青山道教做了一点工作。这篇文章既了却了我多年来为青山写点东西的心愿，也珍藏了我对青山的记忆。

青山位于长江南岸，是江西十八大道教名山之一。俗话说，山不在高，有仙则名。而青山不仅山高林密，而且真有人在此得道成仙。

为了弄清青山是否真有仙人，在一个云遮雾障的冬日，我们一同来到向往已久的青山，以寻找仙人的足迹。面对巍峨壮丽的上清宫，道长热情地向我们介绍了青山这个如梦如幻的仙境。

当时光穿越二千年的隧道来到东汉末年时，我们看到了两位来到青山的道士。“他们是从哪里来的？”我好奇地问道长。道长娓娓道出了一个古老的传说。

公元200年，康道成、费文讳正在武昌黄鹤亭凭栏远眺长江壮丽的风景。就在这时有一只从南方飞来的白鹤，悄然而至。它深情地凝视着康道成，久久不愿离去，似乎有某种暗示。此刻，康道成感觉有一种神秘的力量驱使着他。他弯下腰，轻轻地抚摸着它的脖子。白鹤对他娇啧地叫了两声，他便不由自主地骑在白鹤的身上，白鹤随后扇动双翼向南飞去。片刻，一只白鹿欢快地跳到费文讳身边，四腿跪地，回眸费文讳。他似乎明白白鹿的意思，便毫不犹豫地骑上白鹿。白鹿驮起他，飞快地向南奔去。出人意料的是，这两人竟不约而同地来到了青山的飞鹅嘴。环顾四周，他们感觉此地如同仙境，遂决定一同留下结庐隐修。

“后来这两人是否得道成仙？”道长告诉我们：“民间早有青山得道，鲁溪登仙之说。”他若有所思，道出了其中的奥妙。有一天，康、费二人正在练气，却看见一只梅花鹿在地里糟蹋庄稼，他们便下地驱赶。梅花鹿一边跑，一边停下来回头张望，他们跟在梅花鹿后面紧追不舍，一直追到武宁鲁溪的一个山洞口，此时，只见一根又黑又粗的木头横亘在洞口，却不见鹿。他俩想移开木头，进洞寻找。突然这根木头竟变成一条黑色巨龙，载着他俩腾空而起，飞向西方。

这故事虽久远神秘，但康、费二人在青山修炼的事却是不争的事实。道长从我惊讶而疑惑的目光中，似乎看出我的心思。为了让我们相信康、费二人确实来过青山，他引经据典。根据史载，隋炀帝驾前护都景崇，因非常崇拜康、费二仙，遂步其后尘，弃官隐居青山，潜心修道，在康、费结庐处建庙，设供奉二仙神位。后因信徒愈众，遂扩建中庙，形成上、中、下三庙鼎足而立的道场格局。

随着故事的深入，我对飞鹅嘴产生了浓厚的兴趣，有想去看看二仙落脚的地方之冲动。“这里离飞鹅嘴有多远？”道长挥手指向青山的主峰说：“就是那座常年云雾缭绕的山峰，从后山拾级而上。就可以到达飞鹅嘴。”

按道长指引的山路，我们急不可耐地登上陡峭的石阶，向主峰攀登去。山坡上，一层层长满绿叶的茶树，像一条条绿色的绸带在山体上缠绕。尚未融化的积雪，一堆堆散落在绿树丛中。清冷的气流，从山谷向山顶缓慢地上升，形成乳白色的云雾。我感觉自己好像在腾云驾雾。

飞鹅嘴，又叫宇宙峰，与庐山的五老峰遥相呼应。这两座相望已久的山峰，几乎与宇宙同在，与日月同辉。这长久的守望隐含着怎样的信息？我在山巅上来回走动着，思索着，试图寻找远古的密码。天空万里无云，有两位仙人站在宇宙峰，举目远眺，庐山的五老峰隐约可见。也许在仙人的眼里，它们不仅仅是孤独、凝固的两座山峰，而且还传递着人类对美好的向往和追求。如果把宇宙峰比作身披白纱的妙龄少女，那五老峰就是一群血气方刚的英俊少年。仙人无法知道这位少女究竟爱上哪位少年，也无法知道这五位少年是否都爱上这位少女。假如这位少女只爱上其中一个少年，那就会伤害其他少年。这正是少女之爱难以启齿的原因。也许相望比相许更能体现人性的光辉。“道可道，非常道”，这正是道教的玄妙之处。

离开宇宙峰，回到上清宫时，已近中午时分。温暖的阳光驱散了青山的云雾，金色的宫殿在青山的怀抱中显得格外秀丽。我们继续寻找仙人的足迹。听说有一口井，叫“隐龙泉”，是仙人曾经饮水的地方。我问道长现在是否还能找到隐龙泉，道长哈哈一笑，就在云霞殿里。“走，我们进殿里喝茶。”道长把我们带进云霞殿后，便用隐龙泉的泉水为我们泡青山的云雾茶，顿时香气扑鼻，饮之，令人回味无穷，神清气爽。

道长一边冲茶，一边给我们讲起隐龙泉的故事。青山尽管素有“风光收半壁”之美誉，但其却长期被“无水不潜龙”所困扰。然而，幸运的是，在重修上清宫时，有人于登山石阶处偶然发现了一股清泉，其泉水清澈味甘，涓涓不断。他们遂凿石掘井，并为其取名为“隐龙泉”。现在，人们来到这里饮龙泉水，喝云雾茶，这里已然成为游人最浪漫最惬意的旅游首选地之一。

绵延数百平方公里的青山，属幕阜山分支发脉。这里山势雄伟，峰峦叠翠，谷幽林茂，松涛和鸣，泉水叮咚，茶山吐绿。这个世外桃源，是苍天赐给瑞昌人民的福地。此外，青山的龙泉水和云雾茶，还含有人体必需的多种微量元素，是都市人健身养生的好地方。

夕阳如金，层林尽染。我们此次到青山去，不仅找到了仙人的足迹，而且体会到了道教养生的精髓。朋友，当你回归自然，投入青山，还有什么比“天人合一”更重要的呢！人间一切纷争，一切烦恼，一切财富，在大自然面前，皆如过眼烟云，随风飘散。

“天不变，道亦不变。”在这个星球上，也许只有青山的宇宙峰才能永远矗立在那里。

第五章　广州“政改”

48 在全国率先制定廉政制度规划

1989年6月4日那场“政治风波”发生后，如何有效遏制党内不断滋生的腐败现象，成为政治体制改革的亟待解决的问题。

早在1988年，廉政制度建设就摆上了广州市委议事日程，广州市是中国沿海实行改革开放最早的大城市。广州思想解放，商品经济活跃，但腐败问题也比内地严重。1988年下半年，广州先后试行和全面推进以“公开办事章程、公开办事结果、加强群众监督”为主要内容的廉政制度建设。一年后，全市有近4000个单位实行了公开办事制度，占应公开总数的95%以上，企业和农村的廉政制度建设，也在试点的基础上逐步推开。

虽然在广州实行的公开办事制度取得了一些成效，但其未能从根本上解决腐败问题，党政机关和执法、行政管理部门及公用事业部门以权谋私、贪污受贿的案件数量仍呈上升趋势，同时，基层“七所八所”吃拿卡要的问题也很突出。为了遏制腐败现象的滋生和蔓延，市委书记朱森林在1989年3月召开的市党建工作会议上代表市委提出由市委政治体制改革办公室（以下简称政改办）牵头，市纪委、市委组织部、市检察院、市监察局共同制订关于廉政制度建设的规划纲要（以下简称纲要）。

市政改办决定从相关部门抽调得力骨干，成立专门工作小组，以负责调研、起草《纲要》等工作。由于当时我是政改办党群改革处处长，政改办领导便让我任这个小组的组长，小组成员有市纪委研究室主任唐皇、市委组织部研究室陈桂庆、市检察院研究室池瓦利、市监察局法规处周贵生。

起草小组接受任务后，立即在全市展开调研。我们先后走访了全市50多个部、委、办、局、总公司、直属大厂和市属八区四县，就《纲要》应针对哪些问题、制定哪些制度、建立什么样的监督机制等问题，同干部群众、专家学者研究探讨。来自群众中的实践经验与独到见解，成为后来起草《纲要》的重要指导思想。在这期间，市委还组织两个考察组，分别到南京市和山东烟台市考察廉政制度建设，我负责南京的考察，后来的事实证明这次外地考察对构思《纲要》很有启发。

在起草过程中，我们遇到了不少难题。如在研究制衡、制约与监督机制这个问题时，开始时大家的看法很不一致。有的主张从体制上解决对权力的制衡，有的则认为，应着重从制度上解决对权力的制约。经过反复研究，我们基本形成共识，也即通过制订一系列的监督制度来保证党内的、行政的、社会的、群众的、舆论的有效监督。

在半年多的时间里，起草小组每写出一稿，政改办就会召开办公会议讨论一次，起草小组又会根据政改办的意见修改一次，讨论修改，再讨论再修改，十几易其稿，这才基本形成《纲要》的初稿。为了广泛征求对初稿的意见，我们先后三次将草稿分送给负责制订《纲要》的5个单位的领导阅改，之后又经过200多个单位、各民主党派和多位专家学者的论证，这才正式报市委审批。可以说，《纲要》完全是集体智慧的结晶。从调查、起草、论证到审批，广州市至少有上千人参加了《纲要》的制订工作。

1990年11月，市委、市政府正式颁布了《广州市廉政制度建设规划纲要》。《纲要》把廉政制度分为基本制度和具体制度两大部分，基本制度包括党政机关工作人员廉洁规则、企事业管理人员廉洁规则与监督制度以及公职人员奖惩制度；具体制度包括中共各级党组织纪委和职能部门工作人员廉洁细则，政府部门、司法部门工作人员廉洁细则，以及其他各类国家工作人员廉洁细则等。《纲要》确定了分步实施方案：第一步，在全市各级党政机关，企事业和街道、镇、村基层单位全面推进以"办事公开、群众监督"为主要内容的廉政制度建设（已经实施）；第二步（1990年第四季度至1991年），组织有关部门制订全市性廉政制度建设的基本制度和具体制度；第三步（1992年至1993年），进一步发动各单位贯彻执行广州市各项廉政制度，总结经验，巩固成果，将廉政制度建设深入、持久地开展下去。1990年，广州市首先在7个委、办、局试点实施了廉政制度，取得了明显的效果。

1991年底，市委撤销政改办，廉政制度的建设与实施工作移交市纪委党风廉政办公室，这意味着这项工作在此之后将由市纪委继续推进。

49 企业刮起改革风

20世纪80年代，广州市大中型企业的改革在经历了自厂长（经理）承包制到厂长（经理）负责制之后，最终转变成了厂长（经理）任期目标责任制。1988年，为了贯彻党的十三大精神，广州迈开了政治体制改革的步伐，开始探索企业党政分开问题。

按照市委的部署，党政分开，要先从企业抓起，主要应抓三件事：一是进一步实行和健全厂长（经理）负责制和任期目标责任制；二是调整和改善企业党组织的工作机构和人员配备；三是转变企业党委的领导方式和活动方式。

于是，一场改革风暴，在广州大中型企业迅速掀起。为了发挥厂长（经理）在生产经营中的中心作用，一些企业撤销党委工作机构，将党委组织、人事、宣传、保卫等职能，划归行政。有的企业实现了交叉任职，厂长（经理）兼书记，书记任行政副职。有的企业精简机构人员，党务工作实行兼职化。

冶金公司的动作更大，例如，芯片厂实行“一长三总制”（总工程师、总经济师、总会计师）的领导体制，冶金粉末厂通过民主选举产生厂长，异型钢材厂通过直接选举产生党委书记，广州耐火砖厂由党委副书记兼副厂长，合金钢厂则由厂长兼党委书记，全面领导企业的生产经营和思想政治工作。

企业党政领导，对党政分开的做法反应十分强烈。因为企业书记感到自己没有权力，处于从属地位。例如，有个企业书记想给宣传部门批200块钱，却被厂长否决了。不少书记都有失落感。有的厂长（经理）抱怨，我连生产都忙不过来，哪有时间去管思想政治工作，所以他们觉得还是党委领导下的厂长（经理）负责制好。有的厂长（经理）反映权力是大了，但随之而来的风险也大了，他们对此有些承受不了。

为了尽快理顺企业党、政、工三者的关系，1990年初，市委政治体制改革办公室开始对企业党政分开进行密集调研，以便为市委即将召开的企业党政分开经验交流会做准备。当时，我们党群改革处负责机电、冶金制造企业的调研。在调研中，我发现广州合金钢厂的改革很有特点，不仅力度大，而且成效明显，因而值得总结推广。

这家企业有2965人，年钢产量一直在4万吨左右徘徊，实行厂长任期目标责任制后，厂长觉得党政工作不协调，原来组织部主管干部人事、党务、侨务、档案，而这些工作都与行政有关。副书记管组织部也不顺畅，办事要跟厂长商量。针对这些问题，该厂实行党政分开，首先拿机构开刀，大量精简脱产人员。他们撤销了党委组织部、宣传部，把组织宣传工作划归办公室，人事划归劳务科。科室人员由原来的161人精简为102人，减少了59人，占原人数的36%。新成立的厂长办公室，主任由厂长聘任，主任的职责以行政工作为主，兼做党务工作。此外，其党委并没有设专门的工作机构，车间书记则逐步实行兼职化，支部委员书记由选举产生。行政领导兼书记后，结合生产经营做思想工作会更有针对性，正因如此，这家企业当年的钢产量就突破了6万吨。

对广州合金钢厂撤销党委工作机构，实行党务工作兼职化的做法，当时大家颇有争议。有人认为这是以“中心”否定

“核心”。对于如何总结推广合金钢厂的经验，我一时也拿不准。但我知道，企业必须围绕生产经营开展党的工作是不容置疑的。既然实行厂长负责制，理所当然，厂长就要对企业各项工作全面负责，党组织主要起监督作用。中心与核心，不能各自为政，必须两心合一心。这不禁使我想起自己不久前到一家合资企业调查党的工作的经历，我认为那家企业的做法符合企业改革的方向。当时我问这家企业的党委书记，他是怎样开展党的思想工作的。他告诉我，早期时在合资企业开展党的工作，外资是有顾虑的。后来外方看见我们的书记全部是兼职的，工作也是下班后利用业余时间开展的，而且共产党员在生产中个个表现突出，对生产也能起促进作用，他们也就放心了。我又问，业余时间过组织生活，党员是否都参加。书记说：“有点像当年地下党开会，党员非常珍惜这个机会，没有一个缺席的。一个小时的会，我既要简明扼要地传达上级党组织指示的精神，又要有针对性地对党员提出要求，工作非常实，效果也很好。”实践证明，如果合资企业党的工作能够做到兼职化、业余化，那么，国企同样也可以这样做。至此，我对兼职化、业余化心里更有底了。

后来，我以“合金钢厂撤销党委工作机构，实行党务工作兼职化”为题写了一份材料，总结了他们的改革经验。这份材料在市委召开的企业党政分开经验交流会上被宣读，引起了较大的震动，并获得了时任市委书记朱森林的称赞。

50 新装与旧服

南方的冬天，一刮风下雨是很冷的，呵出来的气像一阵轻烟。尽管如此，这天上午我和妻子、女儿照样外出凑热闹。

走在人头攒动的共和大街上，一块新奇的广告牌把我吸引住了。一个长满络腮胡子的北方大汉，蹲在屋檐下，面前摆着一块用纸皮做的广告牌，上面写着："收买旧衣服，看衣定价。"旁边放着两个鼓鼓囊囊的"蛇皮"袋。那大汉的目光不停地扫视着马路上过往的人。

我刚想离开，就有几个妇人抱着旧衣服走过来，好奇心致使我驻足观望。

有个年轻女人抖动着手中蔚蓝色的连衣裙，与北方大汉讨价还价，这女人开口要卖5元钱，北方大汉说："太贵了，顶多卖1元。"我仔细一看，这裙子足有八成新，当破烂卖实在太可惜了。我心里暗自嘀咕。经过一阵讨价还价，他们最后以2元5角讲妥。其他人的旧衣服也以5角、1元、2元不等被北方大汉收进了"蛇皮"袋。

其实这些旧衣服一点也不陈旧，衣裳、裤子上连个补丁也找不着。这几年广州人的穿着可谓引领了全国潮流，年年更新换代。你看，那么漂亮的连衣裙只卖2元5角，还不够一包烟钱呢！难怪那北方大汉将连衣裙收进"蛇皮"袋时，是那样眉飞色舞。

我走上前去，主动与北方大汉打招呼："喂，老兄，生意不错啊！这些旧衣服运回北方，一定可以卖个好价钱吧。”

“嘿嘿嘿。”北方大汉咧嘴一笑说，“大概比收买价高出两三倍吧。南下一趟，半个把月赚个二三百块钱不成问题。”

“为什么广州的旧衣服在北方走俏？”我不解地问。

“我们收买的大多是广州年轻人淘汰的旧服装，拿到北方去既时髦又便宜，很受农村小伙子、大姑娘的喜爱，他们抢着要哩。”北方大汉得意地告诉我。

我听他如是说，心里很不是滋味。

广州人把旧衣服当作垃圾处理，北方人却把它们当作“宝”捡回去，过去人们的穿着是“新三年，旧三年，缝缝补补又三年”，现在是“一年土，二年洋，三年丢掉旧衣裳”。的确，这几年广州人不仅讲吃而且讲穿，时装屋里几百元甚至上千元一套的衣服，买的人有的是。“食在广州”已闻名遐迩，现在广州又多了一个美称，叫做“穿在广州”。不知广州人这样消费是不是有点超前了呢？

这时，又有几个妇人提着一捆五颜六色的旧衣服走过来，北方大汉的眼睛再次放射出兴奋的光芒。

此刻，在广州的屋檐下，不知蹲着多少正在收买广州人旧衣服的北方贩子。他们把成捆成袋的旧衣服运回北方，卖给贫困地区的农民。广州人真该好好感谢这些北方贩子，因为正是他们为广州人的旧衣服找到了新市场。然而，当北方的兄弟姐妹们穿上广州人80年代的旧衣服时，我不知他们会有何感想？

寒风吹来，我的心一阵紧缩。当广州人穿上90年代的新装，卖掉80年代的旧服时，他们是否会想想，我们自跨进上世纪90年代以来，已经丢掉了太多东西？

51 “透明度”在广州

“透明度”这个物理学概念如今作为政治术语广泛流传，如果说几年前广州人还对它存在着一种距离感的话，那么今天的情况就不同了——“透明度”已经从较为抽象含糊的政治术语逐渐转化为广州人生活、工作中具体的“形象”，并且已经给人们带来了一些看得见的好处。

出国定居者的福音

广州市某公安局办公室传出了一阵哭骂声。

“我们分居五年了，比我晚结婚的女人走了，比我年轻的女人走了，比我晚申请的人走了，你们为什么不让我走？我哪一点不够条件，你们讲啊！”一位丈夫在香港的妇女大声地质问民警。

发生这样的事情，又能责怪谁呢？当不了解办事制度、办事程序时，人们只好瞎碰，只好猜疑，只好埋怨。在市公安局出入境接待室，A女士正焦急地盯着民警手里翻动着的一叠申请表。

民警关上档案柜，无可奈何地对她说：“我查遍了所有申请表，的确没有你的。”

A女士脸色煞白，颤声说：“我的确申请三年了！”

原来A女士与香港丈夫结婚十年一直分居两地，三年前她委托一位同事的熟人办理去香港定居的手续，这位神通广大的人向她声称："公安局我认识人，你的事包在我身上了。"她把他视为救星，当即给了他一笔活动费，逢年过节还给他送了不少东西，但后来每次问他办得怎么样了，他总是说："还有一点困难，再等等吧。"

这一等，就等了三年。后来她实在憋不住了，便鼓足勇气去公安局询问，民警告诉了她去香港定居的条件和办事程序。

A女士后来便按照有关规定，在当地派出所填写了一张申请表，结果不出一个月便拿到了出境护照。

过去，公民因私事申请出境的条件、程序等一直是"机密"内容。但广州市公安局经过反复研究，决定在不泄密的前提下，适当公开有关事项。于是，其后来将《公民因私事申请出境手续》《申请出境人员须知》以及《办证人员守则》在出入境接待室公开。

1988年12月13日，出入境签证接待室门庭若市，前来观看、办事的人络绎不绝。

一位穿红色风衣的姑娘情不自禁地说："要是你们不公开这些规定，我还不知道要花多少钱呢！"

这位姑娘曾为申请出国之事去一家咨询公司询问，问话几分钟就付了15元咨询费，问完还是"蒙嚓嚓"（不清楚），而现在公开了申请出国的有关手续，她不花一分钱就能拿到出国签证，其怎能不感慨万千？

如今的广州已有不少单位公开了办事制度，人们办事再不用东问西问，求爷爷告奶奶，也很少被别人"敲竹杠"了。比起过去来，市民申请出国方便了，申报户口方便了，办理与市民生活密切相关的事也方便了。

公开招标场

公开一般办事制度和办事程序，对于行政机关来说本不困难，但这同时涉及分配权和审批权的问题，因此，要公开也并非易事。芳村工商局在公开办事制度中，就遇到了分配新建市场的铺位要不要公开的问题。

该工商局于1988年10月新建了一个花鸟鱼综合市场，每间铺位约10平方米，大部分装有阁楼，还安装了水电、铁门，这样的条件令个体经营者们羡慕不已。

奇怪的是，这个市场建成后铺位一直空着，整个市场静悄悄的，没有熙熙攘攘的人群，没有叫卖声，与其他繁华的市场形成鲜明的反差。然而，少有人知道的是，在这静悄悄的市场背后，正在进行着一场激烈的争夺战。

分管市场工作的一位副局长，好几天晚上直到半夜才敢回家，找他要铺位的人实在太多了，他只好“躲”了起来。

他去区政府开会，一个老同事拍着他的肩膀说：“局长老兄，给我留两个铺位啊。”他在路上，一个熟人又提出：“我外甥急需一个铺位，请多关照。”

有人在办公室里打“持久战”，有人悄悄地给他递条子。短短几天，该副局长便寝食不安。

面临着众人的“围追堵截”，如何摆脱困境？如果按老办法由内部分配，这61间铺位也不够300多名需求者分，况且许多事情坏就坏在内部分配上。

过去有些个体户为了弄到铺位，得向工商管理人员或“二传手”甩出上百张“大团结”；而有些人靠条子轻而易举就能弄到几间铺位，他们只要再转租给别人，每月就能坐收几百元红利。

这位副局长最后决定向社会公开招标，让大家平等竞争。

这一决定在工商局掀起了轩然大波。有人说他认钱不认人，也有人背后骂他“六亲不认”。

但他不为冷言冷语所动，在局机关公开宣称：“我无权安排一个铺位。不管什么人，包括我的亲戚朋友，要铺位，都得参加投标！”

1988年11月2日，芳村工商局正式向社会招标。

竞投一开始，当主持者以洪亮的声音报出24号铺位的底价每平方米20元时，马上有一男青年站起来报21元，接着有人投21.5元，有人报22元，当报到24.5元时，会场出现了短暂的寂静，主持者问：“还有没有人报？”

“25元。”一个低沉的男音从会场左侧传来，会场又陷于沉静。主持者仍在不断发问，但无人再加。

“好！24号铺位以每平方米25元中标。”主持者当众宣布。

投标继续进行，越往后，标价越高，后来，最激烈精彩的角逐终于出现了。位置相当好的36号铺位乃众人争夺的目标，当主持者报出底标价每平方米月租30元时，东滘镇一个19岁的专业户一下将标价提高至40元，令他的所有对手目瞪口呆。

但他的对手很快杀了个“回马枪”，他们每次以一元往上复加，标价很快被提高到50元，竞标现场最终形成了“三强鼎立之势”。

经过26次“拉锯式”的竞投，东滘镇那个年轻的专业户最终以56元的标价击败了所有对手，夺得了36号铺位。

“投标这个方法是平等竞争，我第一次感到自己可以当家做主了！尽管租金比原来预想的高得多，但只要铺位位置好，生意兴旺就行了。”中标后，该专业户似乎对自己的“战果”非常满意。

芳村工商局花鸟鱼综合市场的61间铺位，经过三次向社会招标，最终全被竞争中的获胜者“抢占”，芳村工商局终于摆脱了令人头痛的铺位分配问题。

毫无疑问，公开办事制度和实行群众监督仅仅是政治体制改革中的一些内容，这些工作在广州仍存在不少问题，其还未能达到使群众完全满意的程度。

就拿公开出国事项来讲，公开去香港定居的条件，必须是1981年前结婚的，但符合条件的人却很多。由于受指标的限制，符合条件的人不可能同时得到批准，仍然有个先来后到，那么排在后面的人会怎样想呢?

实行新建市场铺位公开投标的做法，的确消除了内部分配的弊端，但也带来了新的矛盾。面对竞标，一些经济实力雄厚的人自然不成问题，而有些家庭经济拮据又迫切需要就业的青年，恐怕就只能望“位”兴叹了。公开办事制度，对绝大多数办事人员是一个巨大的约束，虽然按章办事的人越来越多，但也不能完全根治某些人的“劣性”。这也说明了政治体制改革不是一件轻而易举的事情。

52 金花街，晚年的微笑

一个老妇战战兢兢地站在三楼阳台上，仰望蓝天。突然，她眼睛一闭，翻过栏杆，一头栽下去……

"有人跳楼，快来人哪！"邻居一位胖嫂尖声呼叫。

人们围着即将断气的老太太，议论纷纷。

这是5年前发生在广州市金花街的惊人一幕。其实，这老太太寻死的原因很简单——只因患病终日卧床，无人陪伴，难以忍受孤独和寂寞。当时，这不幸强烈地震动了金花街干部和居民的心。

金花街位于广州市西北角，有3万人口，其中退休老人就有4000多名，占街道人口的13%。这些退休老人，如同疲乏的太阳，热烈地燃烧了早晨和中午之后，渐落西山了。苦闷、烦恼、压抑、无聊，是老人们"失重"后的普遍心态。

"树老根多，人老话多。"金花街党委书记吴国粹说，"我们办老人讲坛，就是为了帮老人找个说话解闷的地方。"

有个退休女工，在家挨了媳妇的打，心里窝着火。为了向别人诉说心中的不平，她每天去菜市场买菜，碰到熟人就说："我儿子刚结婚，就不和我共一个家了，没良心的媳妇还动手打我，不给我生活费。"开始人们还挺关心，后来她老是这样唠叨个没完，好些人都不大理她。

一天上午，她蹲在卖西红柿的地摊边，向卖菜的大嫂诉说："你知道吗，我儿子刚结婚……"那大嫂扭过脸，佯装没听见。她又提着菜篮子，来到卖杂货的小店前，断断续续地说："靓仔，你听我讲，儿子……"那小伙子不客气了："阿婆，您跟我说有什么用！"她只好唉声叹气地走回家里，抱起那只大公猫，不住地喃喃自语。

"树老根多，人老话多。"这是自然现象。

人，都有老的时候。为了解决老人的烦闷问题，金花街办事处于1985年底在街文化站开设了一个"老人讲坛"，让老人来这里聊天、解闷儿。

开始，老人多半是议家庭琐事，后来扩展到议水浸街、噪音等影响自身生活的话题。随着改革开放的深入和街道工作、党政机关工作透明度的增加，老人们又议起物价、交通、治安、青少年教育等社会问题，以至各级政府、部门的施政工作和国家的大政方针等，几乎无所不谈。于是，这里不知不觉成了政府了解社情民意的一个窗口。据不完全统计，3年多来，老人共提出意见460多条、合理化建议300多条。其中，被市、区、街采纳的建议就有100多宗。一位阿婆笑逐颜开地说："我们的话没白说，还真起了作用。"

现在金花街大多数老人都心情舒畅，不再感到苦恼了。

"雁怕离群，人怕孤独。"苏耀奎老人说，"我们一块玩玩，普遍感觉年轻了。"

返老还童，大概不光指人的生理机能，也包括人的"天性"复归。贪玩，自然是儿童的特点，然而，老人也是爱玩的。

刚退休那阵子，老人们待在家里普遍感到特别难受。一个退休教师烦躁地说："整天待在家里，像被钉在高加索山崖上的普罗米修斯一样，活受罪。"

于是，有些老人干脆走出家门，去茶楼、酒馆、街边树下自找乐趣。你看，他们三五成群，有的甩"老K"，夹耳朵；有的打麻将，赌零钱；也有的故意穿着破烂衣服，满身污垢，在街道上游来荡去，像个招摇过市的幽灵，出尽"洋相"。

不久，金花街办起了"老人之家"，招回了老人失落的"魂"。各种有益的活动，拴住了老人的心。

金花街办事处请来师傅，教老人做健身操，跳交谊舞，打太极拳，组织老人游山玩水，举办老人书法、插花、文艺表演、美食自助餐等活动。同时，该办事处还在街内建立了26个活动点，老人们基本上能根据自己的兴趣爱好选择活动的项目，玩得十分开心。

林大姐是"老人之家"的活动积极分子，因常做健美操，虽然50多岁了，但看上去仍风姿绰约。她说："以前在工厂，想玩没时间。现在可自由了，玩得多，感觉自己也年轻了。"

有人问："有没有老人不参加活动的？"林大姐笑着说："不来参加活动才笨呢，你想，这里有说有笑，有唱有跳，有吃有玩。在自己家里会有这么大的乐趣吗？"

好一个快乐的老大姐！

"月有阴晴圆缺，人有旦夕祸福。"街道民政干部潘振萍说，"照顾病残老人是社会的责任。"

刘中富退休后，不幸得了脑血栓，瘫在床上，不能动，全靠老伴服侍。从前肥肥胖胖的大厨师，在床上磨缠了一年，竟枯瘦如柴。他经常用拳头击着床板喊叫："还不如死了好！"

为了让刘中富这样的老人尽快康复，金花街联合中山医科大学办起了全国第一家基层康复中心，对刘中富等老人实行免费治疗。刘的老伴经过康复中心的培训，在家亦能为他按摩。一年后刘中富终于摆脱了病魔，不仅奇迹般地活过来了，而且拄着拐杖能独自行走，这要是放在一年前简直想都不敢想。另有18位病残老人经过治疗，也恢复了正常人的体能。就连联合国常任理事、世界卫生组织官员在考察金花街康复中心后也忍不住连声称赞："Good，Good！"

街道办事处的干部，对退休老人真诚的关心和爱护，使一些孤独老人感到了"大家庭"的温暖。年过"古稀"的黄细妹，丧偶多年，膝下无子女，靠领救济金生活。这老太婆的脾气古怪，对人冷漠，还常说政府不管她。前不久，她不慎摔断了左手，生活不能自理，居委会主任陈大姐和其他姐妹们得知情况后，像照顾亲妈妈一样照顾着黄细妹，帮她做饭、为她擦身，每天扶她去医院换药。街道民政干部也经常来她家为其洗衣服，搞卫生。一个多月无微不至的关怀，让黄细妹深受感动。她后来流着泪说："还是政府关心我，还是街道干部好啊！"

"霜打的枫叶叶更红，迟到的爱情情更浓。"一位大姐说，"瞧，老两口的舞跳得多潇洒。"

爱情，不单属于年轻人，对害怕孤独的老年人而言，其诱惑力更大。据说，北京有一对老人好不容易"组合"成功。老娘子刚进老头子的家，就被老头子的儿子扇了两耳光。这两巴掌不仅打散了"老鸳鸯"，而且招致老妇的儿女前来报复，双方的儿女势均力敌，打得难解难分。可见，在咱们中国，老人要重新品尝“甜蜜”，的确不容易。

老人再婚尽管阻力重重，但不乏成功之例，金花街百合婚姻介绍所迄今已成功地“组合”了四对老人。

一个阳光明媚的早晨，茶客陆续走进一家富丽堂皇的茶楼，装饰精美的凤凰厅中间摆着一张圆桌。一位年过半百的先生穿着雪白的熊猫衬衣，胸系红色的银利来领带，容光焕发地坐在圆桌边。他神情不安地浏览着头天的《羊城晚报》，像是在等待什么人。

不一会儿，茶楼走进两位中年妇女，她们落落大方地坐在老先生的对面。这是百合婚姻介绍所的红娘安排一对有情老人见面时的情景。

那位体态雍容、略施薄粉的女士，今年44岁。七年前由于第三者插足，丈夫跟她离了婚。她把儿子拉扯大，本不想再婚，皆因红娘的“三寸不烂之舌”，使之春心浮动。红娘跟她讲了些本街孤寡老人的晚年生活，他们有的因年轻时错过良机而悔恨终生，有的则因封建观念的束缚而忍受精神折磨，左邻右里发生的这些事情，犹如轻轻拂动水面的垂柳，慢慢地触动了她心灵的敏感之处。

而那先生虽五十有三，至今仍是个“处男”，其为人忠厚，感情单纯而热烈。他当然经不起红娘的“花言巧语”，当即便表示愿一睹芳容。

可不，两人首次见面，就互相对对方有“意思”了，真可谓情投意合。不出所料，他们只“谈”了四个月，就在金花街登记结婚了。婚后的新家庭幸福、美满。

如今，每当他俩在舞会上翩翩起舞时，不知有多少老人会向他们投去羡慕的目光。

53 税务官的新动作

《大明星偷税漏税百万元，毛阿敏只是小巫见大巫》，刊登在四川成都《家庭与生活报》的文章引起了一场官司。不久，从山东青岛传出消息，当地税务局通知刘晓庆清缴偷漏税款近万元，另交6000多元罚款。此事是否解决了呢？据中新社北京10月26日电，经青岛市税务局和国家税务局办公室证实，刘晓庆偷税案并未“真相大白”，税务部门仍在对该案进行审查。

与赫赫有名的大明星相比，数以万计的个体户偷税漏税毫不逊色。据《南方日报》报道，广东省电白区一个体户偷税120万元，已补交税款100万元。

当人们都在指责大明星、不法个体户因偷漏税收而发了横财时，另一些偷税大户却在悄悄地行动……

谁是偷税大户？

“穴头”和个体户偷税上百万，与国营、集体企业偷税相比，其实是小巫见大巫，有些企业偷漏税收的数额堪称触目惊心！因而税收部门不得不集中兵力防范这些偷税大户。

然而，“你有千条计，我有老主意”。一些国营、集体企业，把偷漏税收视为集体发财的捷径，不择手段去挖国家的墙脚。

光是1985年至1987年的广州市三次财税大检查，就查出违纪金额4.5亿元，其中应补交入库的税款约占一半。这笔违约金额约占市财政收入的3%，也就是说，市每百元的财政收入，就漏掉了3元钱。然而，这仅仅是检查部分企业得出的偷漏税收的数额，如果普查全市所有企业，偷漏税收远不止3%的比例。

让我们看看广州市税务局第一分局提供的资料吧。在1988年的税收大检查中，该分局检查了455户企业，发现有偷税漏税的达271户，错漏面达60%，查补的税款368万，而检查的还不到该局管户的1/10呢！可见企业偷漏税收是相当普遍的。

漏洞为何难堵?

一位精于数据统计的厂长，在权衡偷漏税收的利弊时，私下对一家公司的经理说，“全市每年税收大检查的企业大约百分之一，不一定轮到我们头上。”正因为不少企业有偷漏税收的侥幸心理，因而许多厂长、经理便主动与税收专管员搞好关系，以求从这位“财神爷”的身上获得更多的“利润”。

税收专管员来了，厂长、经理亲自出来迎接，请他上高级宾馆吃山珍海味；节日到了，厂长、经理便派人给他送去一份精致的节日礼品；平时，厂长、经理也没有忘记他，经常邀请他去外地旅游。

时间一长，少数专管员与一些厂长、经理的确建立了一种特殊关系。

专管员A想装修房子，请一位厂长帮忙。这位厂长马上告诉基建科长去办。不用说，基建科长用最好的材料，把专管员A的房屋装饰得富丽堂皇。

专管员B想让一位公司的经理为他买一台容声电冰箱。过了几天，公司就有人把电冰箱送到他家。至于钱嘛，堂堂大公司谁好意思问他要呢。

专管员C，买了一套厨房用具。他将事先开好的发票，交给一位厂长处理，那厂长二话不说，就将发票交给了财务科长。

一些企业“收买”专管员，是为了让专管员“放水”，少数专管员则利用企业这种心理，从中索取好处。这叫周瑜打黄盖，一个愿打，一个愿挨。据有关部门统计，从1982年至1988年，全市税务系统光是立案查处的贪污受贿以及其他案件就有50多宗，涉及60多人。

税务部门过去对付企业偷漏税收，如同坚守防洪大堤一样，哪里出了漏洞，就往哪里填土，结果堵住了这个洞，其他洞照样漏水。看来要制止企业偷漏税的行为，先得建立内部制约机制，才能保证专管员依法征税。

54　小行星撞击个体户

1989年12月14日晨，广播里传来令人震惊的消息：“据美联社报道，一颗小行星可能撞击地球……地球上一半以上的人口将遭劫难……”听到这个消息，据说北方某市大量民众到银行取款，人们大吃大喝，疲软的市场在当天忽然出现“反弹”，销售额回升。有的个体户冲着人群吆喝：快来吃吧，吃一顿少一顿，地球末日来临啦！事后却证明，这是一场虚惊。

几乎在同时，广东的《羊城晚报》也发表了一则消息：全省个体户减少过万，如不采取措施，预测到年底这种不正常停业幅度将会增至30%。

这条消息当然不能与“行星相撞”相比，但在广州也引起不少人的议论。有人担忧，有人埋怨，甚至有人发出这样的疑问：治理整顿会不会使个体户“全军覆灭”？

个体户的“减员报告”

这是80年代最后一个冬季，繁荣兴旺的广州市场开始出现“疲软”。商品滞销，资金短缺，个体户纷纷歇业。这些令人忧虑的信息，通过《每天快报》，不断反映到市委领导层。

越秀区：广州市最繁华的商业区，过去随便开个档位也能挣大钱。今年2月却有不少个体户洗手不干了。申报停业、歇业的个体户共724户，其中95%是经营非农副产品的。

荔湾区：在上、下九路两条商业街，市场也出现了“萧条”。经营百货、服装的上九路综合商场，200户个体户中，90%已经关门。

黄埔区：广深路口至南岗的公路两边，原先有70家饮食店，现大部分关闭。顾客如云的16家海鲜馆，现在只有2家的烟囱在冒烟，而这两家每天也只开二三围。运输业一度发达的大沙镇，510台私营汽车，有一半停开，使上千名司机不得不弃车归田。

海珠区：现有个体户总数和从业人员分别比去年同期减少14.5%和23%。

据广州市工商局统计：截至去年10月底，广州市个体工商业户和从业人员，与同年6月相比，分别减少了12220户和23505人。减幅最大的是运输业、工业、饮食业。

这一份份报告表明一个事实：广州个体户确有减少。

个体户为何歇业

一位专门经营服装的张小姐，前两年生意兴隆，收入颇丰，靠的是向外地人批发服装。可是，去年下半年外地人来广州进货的越来越少，造成上千套服装积压仓库，她不得不关门去帮另一个体户看铺位。

因失去经营场所而停业的个体户也不少。荔湾区去年扩建道路，征用土地，建设住宅区，使一些个体户因拆迁而丧失铺位。仅第四工商所就有300多个体户因拆迁而停业。市里整顿出租铺位，也使原先一些向个体户高价出售铺位的集体单位，提前终止出租合同。例如，有一间牙膏厂的门市部因收回出租的铺位，就使30家个体户歇业。

管理部门对有些行业的经营条件要求比较严格，如饮食业，经营场地、卫生防疫、环境保护等都有严格的标准，不合条件的就不准经营。荔湾区经营饮食业的个体户，将近三分之一因达不到标准而歇业。

有些地方向个体户收费的名目繁多、标准不一，一个铺位，有的区收费40元，有的区则收20元；收治安费有的50元，有的则5元。哪些费是该收的，哪些费是不该收的，哪些费是市政府批准的，哪些费是有关单位自己定的，也不明确。现在个体户承担的各种费用大约有20多种。有个居委会的老大姐，向个体户收劳务费，有人问她："你为个体户提供了哪些劳务服务？"她回答："反正需要，我们就收。"

各种摊派，也使个体户应接不暇。街道的绿化、文化活动，逢年过节慰问老人，都要个体户捐款，美其名曰：为社会尽义务。有的区街为了完成铁路、电力公债，要每个个体户出资几百元，而国营、集体单位的职工一般只买二三十元。

一位个体户诙谐地说："现在街上除了戴黑袖章的，戴其他袖章的人都可以收我们的费，罚我们的款。"有的单位执罚一张口就是几百元，如果你不服，罚得更惨，甚至动手动脚，收缴你的营业执照。

有个开饺子铺的个体户，因一张桌子占了一点人行道，被街道的管理人员发现了，张口要罚他30元。不巧老板不在家，一个女帮工只好出来求他："我手上没钱，你先开个罚款单，等老板回来再去交款，好吗？"管理人员大声吆喝："不行，现在就得交钱！""我确实手上没钱呀，请等老板回来。"女帮工再三央求他，那个管理员不由分说，一进门就把墙上的营业执照取下来，装进口袋，扬长而去，而女帮工吓得要命，哭了大半天。

不少个体户反映，现在国家经济遇到困难，需要全国人民共渡难关，希望有关部门也替我们个体户想想，让我们渡过难关。

退却后的个体户

小洪刚学会理发，便在共和街开了一间发廊。然而这条不到1000米长的街道，光发廊就有十来家。小洪这个新手自然不是别人的竞争对手，每天晚上，别人的发廊顾客盈门，而小洪的发廊门可罗雀。去年年底他只好关门停业，去投靠另一位理发师傅。小洪虽充当别人的助手，但每天仍有可观的收入。

一位原在西湖路经营服装的个体户，去年年底见服装市场生意清淡，便主动“改弦易辙”，跑到天河区经营“小五金”，生意倒也不错。

有些原先收入高的个体户，也趁市场疲软改换门庭。他们带着雄厚的资金，“嫁”给了区街集体单位。有的区、街为了多收管理费，很乐意给个体户戴个“红帽子”，只要个体户愿“嫁”，街道可以为他办好一切手续。而个体户挂靠集体单位之后，可以享受许多优惠政策，一般头两三年不用纳税只向挂靠单位交少量的管理费，大部分收入却落进自己的腰包。

也有一些“失业”个体户，不愿在家吃老本，干起了“走鬼”生意。每当日薄西山，他们就用单车或三轮车，载着水果、面包、服装等商品，趁人们下班之际，在马路的两旁大声叫卖。这支“马路游击队”，常常是轻装出击，神出鬼没，今天在这条路，明天又转移到别的街，而且大白天也敢在闹市区占地摆卖。像北京路、中山路、德政中路等繁华路段，几乎有一半的人行道被“游击大军”占领，使行人难于举步。

事实上，退却后的许多个体户并没有离开市场，他们当中绝大多数人也不想离开个体大军，尽管有人干“走鬼”生意，有人在家待业。有一个经营玻璃制品的刚歇业的个体户，向区个体劳动者协会的干部吐露心声：“即使现在工厂每月给我600元，我也不会去当工人。因为我习惯了干个体经济。”在广州的确很少有歇业的个体户再去端“铁饭碗”；多数停业的个体户宁愿在家待业，等待时机。一旦市场情况发生变化，他们就会重新开业。

千万要注意政策

广州个体户的减员，不仅引起社会关注，也引起市政府的高度重视。

一份《关于我市个体户补税情况的反映》，送到了市长办公桌上。杨资元市长作了重要批示：“请市税务部门注意此反映，我们对个体户的政策没有改变，只是依法加强管理。”后来他又作了批示：“……要不断做工作，要为个体户解决一些实际存在又应解决的问题。”

不久，雷宇副市长在市税务局召开的个体户和私营企业主代表座谈会上指出：“个体经济在搞活市场、解决社会就业等方面都有积极意义，今后仍要充分发挥个体经济对国民经济的补充作用……”

为此，广州市人民政府正在采取各种有效的措施。诸如加强与改善管理，开辟和扩建市场，加强廉政建设，以及帮助解决个体户和私营企业主在生产经营中的困难。

荔湾区过去由于经营场地不足，使个体经济的发展受到制约。去年他们在人民中路、上下九路、环市西、黄沙等地新建了11个综合市场，总共安排了1460个新开业的个体户。今年他们计划再建几个市场，为发展个体经济创造条件。该区工商局还采取“先开业，后补充、完善”的做法，积极扶持私营企业。

有个生产日用塑料品的私营企业，正在完成与国营采购站签订的产品合同，却超过了用电指标。在这个节骨眼上，有关部门停止了供电，并且要罚他1万元。这家企业主急得要命，不知所措。荔湾区工商局知道后，立即与供电部门商量，如实说明情况，解决了私营企业的用电问题，使他们得以如期交货。

黄埔区由于改善了个体户的经营条件，同时减少了各种收费，全区私营企业和个体户不仅没有减少，而且略有增加。个体工商户比前年增加6.9%，从业人员比前年增加13.9%。

天河区个体经济也有较大发展。据统计，该区今年新增个体户710户，新增从业人员993人，个体税收达1300万元。

总的来看，在治理整顿中，广州的个体户虽然有些减少，但基本是稳定的。如果说一颗小行星可能撞击地球，是一个耸人听闻的假消息，那么怀疑个体户会在治理整顿中“全军覆灭”同样是杞人忧天。广州的个体经济和私营经济在治理整顿中正在走出低谷，沿着健康的轨道发展。

55 敲竹杠的小人物

搞不正之风，不一定是当官的。“小人物”略施小计，也可以作威作福。

打字小姐

一天上午，一位科长急匆匆地将一份批文递给打字员，叮嘱她尽快把批文打出来。打字小姐点头微笑，随即把批文放在打字台上。

一个月过去了，落满灰尘的一纸批文依然躺在办公桌上。这期间，每次被问到批文什么时候能打印出来，打字小姐总是彬彬有礼地回答：“不知道。急须打印的材料太多，您就耐心等待吧。”

急须批文的下级单位觉得此事蹊跷，左思右想，便派人给打字小姐送了100元“加班费”……

次日上午，那份拖了一个月总共只有280个字的批文，终于打印出来了。

把门将军

“喂，你找谁？”一个愣小伙子跨进某机关大门，突然被把门的老汉厉声喝住。那小伙子一看这架势，不敢怠慢，赶紧赔着笑脸说："我是来报建的，请大伯多多指教。"

"这事好说，我帮你办。"说完，老汉伸手接过了报建文书。

不久，报建得以批准。守门老汉立即打电话告诉小伙子："此事大功告成，小兄弟总该有所表示吧。"小伙子心领神会，征得单位领导的同意，送给了"把门将军"700元辛苦费。

司机大叔

某建设单位的报建方案，好久没有批下来，这可急坏了报建人。正当一筹莫展之时，一位司机找上门来，拍着胸脯说："我是规划部门的，完全可以催办此案，不过需要一点活动费。"报建人当场给了司机大叔4000元人民币。

司机大叔拿了钱便去找建筑管理部门的一位年轻朋友，请他帮忙，并塞给了他2000元的酬金。年轻人高兴地收下钱，马上回办公室翻阅卷宗，然而怎么也找不到这宗报建案。原来这案不属于他们部门办。这下年轻人可紧张起来，连忙去找办案单位，但人家不买他的账，于是，到手的钞票不得不退给了报建单位。

56 昨日“春苗”今何在？

60年代我国农村相继建立起来的合作医疗制度，近几年却在不少地方崩溃了。那么，——

昨日“春苗”今何在？

中国人找回了一个真理：
农民离不开合作医疗

那是1988年6月的一天，国家卫生部技术顾问考察团一行四人来到位于广州市北郊的江村，他们是冲着这里的合作医疗站而来的。走进大门口，四位技术顾问立刻被雪白的墙壁和整洁的诊室，还有药房、注射治疗室、妇产室等各种门牌所吸引住了。真可谓“麻雀虽小，五脏俱全”！

技术顾问们怀着极大的兴趣，仔细地询问这里的乡村医生，像是寻找失落的瑰宝。享受公费医疗的国家干部职工一有头痛脑热，马上可以到定点医院，出1角钱挂号费就可以看病。因此，他们也许体会不到我国农村绝大多数农民缺医少药的痛苦。

不过，江村所建立的合作医疗制度，却使全村7600多人享受了类似公费医疗的“优越性”。按规定：每人每月交1元合作医疗费，来医疗站看病只收30%的药费，外诊可报销40%，住院可报销50%，五保户看病一律免费。实行这一合作医疗制度，基本上解除了江村人看病的后顾之忧。现在，农民患一般常见病，在本村合作医疗站就可以治好，即使患疑难杂症的病人，也不用着急，合作医疗站的医生会把他们送往大医院治疗。

那一年，中年农民刘富垣因胃穿孔引起腹膜炎，病情危急，必须送大医院抢救，他家里人却一下子拿不出大笔钱来。于是，合作医疗站及时伸出了热情的双手，为他花掉了上万元的合作医疗经费。刘富垣后来深有感触地说："没有合作医疗，我早就没命了。"

在江村，还有许多危重病人同样得到了合作医疗的保障。就说青年吧，全村因重病住院的农民约30人，其中给予报销医疗费最高者达3万元，最少的也有1000元。像几万元的医疗费用，即使是万元户、恐怕也难以支付。

让我们再看看没有参加合作医疗的人又是怎样的一种情况。一位在江村的城镇居民（属非农人口），不久前得了肾炎，很严重，听说外地有家医院能治这种病，家里人很想让他去那家医院就医，他只好卖掉家里的电视机、电冰箱和刚建好的新房，凑了5万元，才敢动身求医。假若他是江村的农民，就会有合作医疗的保障，也用不着变卖家产，现在在生命与家产之间，他们只好作出这样痛苦的选择。

国家卫生部的技术顾问们了解了江村合作医疗的情况之后，由衷地说道："农民离不开合作医疗，社会主义制度的这种优越性确实不该削弱。"

美国学生惊喜地发现：
这里的乡村医生像雷锋

过了一年，又是6月19日这一天，在广州读书的两名美国男女学生，不知从哪里知道了这个合作医疗站，便决定亲自去解剖一下中国江村这只“麻雀”。他们驱车到了江村，这里的一切令他们惊奇、赞叹，而其中最感兴趣的就是这里的乡村医生了。整整三天，他们缠住江村的医生刨根问底。合作医疗站的站长江伯其，向这两位美国学生讲述了一个个动人的故事。

早在1958年4月，江村就办起了合作医疗站。那时刚从部队转业回村的江伯其，接受了创办医疗站的任务，当时新生的人民公社一穷二白，大队连一文钱也拿不出来。江伯其就从自己400元的转业费中，拿出200多元买医疗器械和药品，从此江村人有了自己的医疗站。

1965年，毛泽东同志著名的“六·二六”指示公布了。次年，江村便在原先医疗站的基础上，建立了合作医疗制度，那时每人只交3角钱合作医疗费，诊病不收药费，只收1角钱挂号费，这样，一个月大约有900元收入，勉强能够维持开支。1967年至1976年“文革”期间，江村的合作医疗站濒临崩溃的边缘。那十年，既没有钱也没有药品，江伯其率领16名“赤脚医生”上山采药。不论是烈日炎炎的盛夏，还是寒风凛冽的冬天，他们背起药篓，踏遍了崇山峻岭。就这样年复一年，采回了170多种中草药，并且自己动手，把它们加工制作成药品，保证了合作医疗站的正常需要。近十年，他们用一把草药一根针，治好了数以万计的农民兄弟，甚至连几十里外的农民也慕名前来诊病。

如果说“文革”十年，该合作医疗站是在很困难的情况下度过的，那么改革开放这十年则是江村的合作医疗制度生机勃勃的美好时光。每年，他们协助上级医院做好村民的肝检、妇检、婴儿接种等保健工作；每逢“红眼病”、“流感”等各种传染性疾病横行时，他们挨家挨户把预防药送到群众手上；对重病人，他们还开设了家庭病床，每年都有十多人享受这种特殊护理；为了防止疾病传播，他们经常背起沉重的药桶，走遍全村每个角落，喷药灭蚊，向农民宣传卫生常识；深夜，不管谁家出现病人，值班的医生总是随叫随到。去年的一天深夜，江朗洲一家5口人突然呕吐不止。值班医生江伯其闻讯赶到他家，经诊断，原来这家人吃过刚洒过农药的西洋菜而引起中毒，由于治疗及时才幸免于难。“赤脚医生”就是这样主动地为江村人服务，每年门诊人数达两万多人。难怪农民兄弟赞不绝口。

前几年，社会上刮起了“一切向钱看”的歪风，可是江村的医生却风吹不动。尽管他们工作很劳累，论收入，一个月的工资加补贴只有180元，加上25元奖金，总收入也不过205元，这在江村农民普遍富裕的情况下，收入算是很低的了。但是，他们从不利用看病之机向农民索取小费。 位乡村医生说，如果合作医疗站让个人承包或者开私人诊所，一天光看门诊就能赚几十元，但是，我们不能这样做，因为我们合作医疗站从创办的那天起，就树立了为村民服务的宗旨。

江村医生这些平凡的事迹，使美国学生激动不已。他们瞪着蓝色的大眼睛，像是发现了一个新的“精神大陆”！其中那个女学生感慨地说：“从你们身上，我们认识了中国的雷锋精神，这是人类最美好的精神。”

那个男学生则紧握医疗站江站长的手表示：“回学校后，我要马上写信，把这里的一切告诉在加拿大办儿童医院的父亲，要他好好向中国的乡村医生学习。将来我回美国去也要办一个合作医疗站，为穷人服务。”

中外人士的共识：合作医疗站离不开集体经济

在我国，农村实行承包责任制后，有不少合作医疗站散伙了。贫困地区就不用说了，即使在商品经济发达的地区，能够坚持合作医疗制度的村子也不多见。像广州市白云区这样富裕的郊区农村，目前也只有三个村坚持了合作医疗制度。

为什么江村的合作医疗坚持30多年而不溃散？中外人士经过实地考察之后，得出了一个相同的结论：

江村的合作医疗是建立在坚实的集体经济基础之上的，没有雄厚的集体经济提供物质保障，江村的合作医疗制度也会崩溃的。

这个看法是有根据的。江村每年要给合作医疗站投资10多万元，用于添置医疗器械、设备、补贴药费。以1989年为例，村里给合作医疗站拨款12.8万元。加上合作医疗经费7.2万元，一年经费总共有20万元。可是当年各种医疗费就用掉16万元。这就是说，如果村里每年不投进10多万元，那合作医疗也是难以为继的。

由此看出，社会主义的集体经济，是农村兴办公益事业的强大后盾。江村全村兴办了30多家企业，去年全村工农业总产值达7000多万元。因此，他们才有能力拿出10多万元来办合作医疗。

老乡村医生的忧思：谁来接班？

江村合作医疗站走过了30多年的艰难历程。从起步到现在，伴随这全过程的一代乡医，现在大都年过半百。展望前程，乡医们不禁忧心忡忡。

他们愁什么？一位老乡医说："我们不愁钱，不愁药，就愁后继无人！"

现在江村合作医疗站有8名乡医，5男2女，其中获得乡医证书的有6人，这些人大都工作了20多年。年龄不饶人啊，总有一天他们要退休，然而能接替他们的年轻人极少。有一个受过专门培训的年轻乡医，由于违反了计划生育规定受到处罚而不满，最后弃医从农，这个唯一的"接班人"也接不了老一辈的班！他们郑重地向村干部建议，请给合作医疗站补充后备力量！

值得庆幸的是，江村的干部已经意识到，培养出一名合格的新一代乡医，其价值远大于每年资助的10多万。他们正在努力。

57　这里夫妻谁当家

一天下午，广州番禺县万顷沙的一个农妇忽然接到农金员送来的还贷通知书，一时傻眼了。

“这死鬼什么时候借了1000元？做什么用？他是不是瞒着我，干了见不得人的勾当？”

这时丈夫刚好拖着沉重的脚步，醉醺醺地跨过门槛，还没站稳脚，就劈头盖脸地挨了一顿骂：“你这个酒鬼，你借1000元钱干什么去了？你是不是把钱给婊子了？你说！”

“少啰唆！我用钱还得请示你。”丈夫瞪了妻子一眼，把头扭向一边。

妻子把还款通知书掷到他的面前，气愤地说：“这1000元钱，看你拿什么还！”

“没钱还，就把冰箱卖了。”

“你敢卖，我就跟你离！你这个没良心的东西，你跟我到镇里讲明白。”说完，妻子硬拉着丈夫往外走。

丈夫一甩手，粗鲁地骂道：“臭娘儿！实话告诉你，那1000元钱，老子在赌场上输掉了。你再纠缠，老子就不客气了！”

“你敢打我？你打呀！”妻子一头向丈夫的怀里撞去……后来她找到民政部门，强烈要求跟这个不顾家的酒鬼、赌徒离婚。

这是三年前发生的一个真实的故事。这对中年夫妻因贷款闹离婚一事，不仅引起了当地政府的重视，也引起了中国农业银行番禺县支行的注意。番禺县支行专门组织调查组，调查了农村贷款情况。由于贷款制度不健全和管理上的混乱，已在不少地方造成了夫妻反目、邻里纠纷、干群关系紧张等不良后果。番禺县支行深感农业贷款绝不是一件小事，它涉及千家万户，关系到农村经济发展和安定团结。只有健全贷款制度，公开贷款结果，才能消除人为的矛盾。于是，该支行作出决定，在全县农行系统推行农贷公开制度。

万顷沙营业所为了制订一个能被农民接受的农贷公开制度，准备把贷款人、金额、用途、担保人、审批人、还款时间等项内容向群众公开，得到大多数人的赞成。然而，一些妇女却“节外生枝”，认为这项制度虽好，却不完善。申请贷款是家庭的大事，不能单由男人说了算，应征得夫妻双方的同意。因此，她们建议，今后贷款必须经夫妻双方签名，才能生效。万顷沙营业所采纳了这个建议，在《贷款审批制度》中加了一条规定：“每笔贷款，必须有贷款人的妻子签名和按指模，如其妻子丧失能力，则由其成年的子女代办。”

这条规定公布后，万顷沙的妇女无不拍手叫好！从此，在万顷沙没有妻子签名，丈夫就得不到贷款。有一户男主人从前做事总是独断专行，不把妻子放在眼里。去年春天，他想贷800元购买甘蔗苗，事先没有同妻子商量，就写了一张贷款申请书，要求农金员加意见。农金员见申请书上没有他妻子的签名，便将贷款申请书退给他。这位中年汉子似乎第一次意识到妻子在家庭中的地位。他回到家里，一改过去那种家长作风，客客气气地同妻子商量。妻说：“贷500元钱就够了。”他不从，执意要贷800元。后来经过妻子有理有据的分析，他才服了，妻子也高高兴兴地在贷款申请书上签上了自己的名字。

58 山火为何无人来救

三年前，一个风高物燥的夜晚，广州花县梯面镇西坑村的后山脚下忽然亮起了一道橘红色的火光，山林起火了！

被燃烧的茅草、竹丛发出“噼噼啪啪”的响声。瞬间，火借风势，风助火威，熊熊燃烧的山火，像一条巨龙，向山上的杉树林窜去。半个夜空被冲天的火光照得通红。

“当、当、当”，一阵阵清脆急促的铜锣声，打破了山村的寂静。村长一边敲打着铜锣，一边大声疾呼：“快起来，上山打火！”然而，整个村庄仍像一个昏睡的大汉。

村干部个个急得直跺脚！他们只好挨家挨户敲门。顿时，“咚、咚、咚”、“嘭、嘭、嘭”的敲门声和叫喊声使得全村鸡飞狗叫。终于有些村民磨磨蹭蹭地打开门户，睁开惺忪的睡眼，探头探脑。可是，等村干部一走开，他们又把门关上，钻进了热烘烘的被窝。有些农户任你五雷轰顶，干脆不开门。这可惹火了村干部，他们操起竹竿，从窗口伸进去，挑蚊帐、捅屁股……

折腾了大半夜，总算轰起来了十几个人。当村干部带着这十几个男女老少爬上山时，一片杉林已化为火炭。

次日天刚破晓，西坑村却热闹起来了。只见村民拿着砍刀，肩着扁担，潮水般涌向满目疮痍的后山。

奇怪的是，这些人踩在黑乎乎的山背、面对烧焦的树干，不仅不痛心，反而有点得意。一个后生仔砍断一截树干后，幸灾乐祸地说："这片树林多亏被大火烧掉，不然迟早也会被村干部吃掉。"另一个中年汉子接过话尾说："火烧山林，大家还可以拾点柴烧，让干部把树卖了，我们连一分钱也得不到啊！"

两年后的一个白昼，西坑村的另一座山上又发生了一场山火。山林中刚刚升起一股浓烟，就被在稻田里干活的村民看见了。许多人顾不上找鞋，光着脚板向山上跑去，正在做家务的老人、妇女也跟在青壮年人的后面去打火。当时，村里的干部都在镇里开会，他们得知山上发生火灾，拔腿就往村里跑。等跑回村正要叫人上山打火时，一场山火已经被村民自动扑灭了。

为什么第一次山火村干部喊破嗓子无人理，而这次山火干部不在场群众却自动去扑灭？欲知原因，还得从第一次山火说起。

自从那场山火把半边山林烧毁之后，花县梯面镇的领导开始意识到问题的严重性。他们上门倾听群众意见，找村干部促膝谈心，从而找到了问题的症结。

原来前几年村里开山、下山费都由个别领导拍板，承包给外地伐林包工头。每年山林收入和开支的账目不清，无人过问，有些干部趁机浑水摸鱼，贪污挥霍，群众辛辛苦苦上山植树造林，却分不到一分钱，护林防火哪有积极性呢！

为了拆掉隔在干群之间的"篱笆"，镇党委首先改革了财务管理体制，对全镇财会人员实行统一聘任、统一管理，从而铲除了任人唯亲的弊端。其次，制订了全镇统一的《财务管理规则》，防止各搞一套。第三，建立财务公开与监督制度，由财务人员将每笔林业收入登记在案，上墙公布，接受村民监督。

实行这些办法之后，收到明显效果。去年全镇村民兑现林业分成款30万元。过去西坑村村民分不到一分钱，去年每人分成款就有100元。一位刚刚领到林业分成款的老伯，看完公开栏里贴着的全村林业款分配表后，连连说道：“现在我们就放心啦！”

今日西坑村，人心向集体，满目青山在。老百姓自动组织了护林防火队，精心保护森林资源，一有山火，不论白天黑夜，全村男女老少奋勇上山将山火扑灭。村长深有感触地说：“敲门敲户，不如有个好制度啊！”

59 李坑事件的前前后后

每日清晨，你从自己温馨的家里出来，拎着一小袋垃圾，一扬手，正好落到路边的垃圾桶里，于是你带着几分惬意上班去了。你也许没有想到，就是因为成千上万袋这种垃圾，上百名手持锄耙的农民竟和公安干警冲突起来，有人为此受伤，不得已时警方还要使用催泪弹。这绝不是在编故事，这事就发生在1991年1月19日，那正是海湾战争爆发的第三天，地点就在广州远郊龙归镇新兴村的李坑。事情的来龙去脉可得从头说起。

市长为你倒垃圾

广州市民每人每天大约生产0.75公斤垃圾，这样整个广州每天就有约3000吨垃圾，需要每晚出动200辆4吨卡车，来回4趟才能运走。

运去哪里？

1985年春节，一辆辆垃圾车像一群群无头苍蝇在广州郊区瞎转，司机们急啊，他们要找一块不值钱的荒地卸垃圾。但是没有一个地方欢迎他们，垃圾车只好在路上乱转……

为什么广州的垃圾竟然找不到出路呢？原来在改革开放前，广州的垃圾大都是由郊区的生产队接收，那时一次给一个生产队运去10车垃圾不成问题；农村实行包产到户后，由于分散经营，一户农民拥有不过几亩地，为了省事，农民干脆只用化肥不要垃圾肥了，由此一来，广州市生活垃圾靠农村消化的渠道一时就被堵死了。

为了解决燃眉之急，有些人出了一个“歪点子”——偷倒。于是每当傍晚，司机们拉着满车的垃圾在野外盲目寻找目标，哪里方便就往哪里倒。郊区的田头路边成了垃圾场。

广州的市长们坐立不安。1985年春节刚过，三辆面包车驶出了市政府大院。车上坐着副市长以及环卫局、规划局、环保办等部门20多位负责同志，他们是专程去郊外给广州市民的生活垃圾找出路的。

汽车在山清水秀的磨刀湖边停下，副市长一行翻过石山背，来到牛屎坑。开始大家觉得这个地点不错。但经过认真讨论，发现存放垃圾后，磨刀湖将受到污染，结果只好放弃了。

他们又翻过一座座山头，来到磨刀湖对面的老虎窿。环顾四周地形：“这是个好地方，垃圾就倒在这里，总比堆在广州街头好。”他征求了在场各部门负责人的意见，大家都认为是个好地方。

广州市政府迅速投资100万元，修建了老虎窿垃圾堆放场。1986年10月，广州市内部分垃圾开始运进老虎窿。

李坑的“三进三出”

有了老虎窿堆放场，但广州的生活垃圾问题并没有彻底解决。因为老虎窿仅能容纳38万立方的垃圾，如果广州市荔湾、越秀、白云、天河区的垃圾全部运进老虎窿，22个月就把老虎窿填满。怎么办?

另一个问题又出现了。由于碰到暴雨，老虎窿露天堆放场受到雨水严重冲泡，大量的污水四处横流，附近一家工厂用水受到污染。政府为此赔了8万元，并给这个工厂打了一口60米深的深水井。为了防止再次出现这类情况，政府不得不重新投资70万元，在老虎窿垃圾场建立污水处理厂。

可见，城市垃圾处理十分复杂，不能采用简易堆放的方法处理。

为了寻求对策，广州市环卫局在越秀宾馆召开了“城市生活垃圾研讨会”。来自全国的30多位专家、学者各抒己见。大多数人认为，目前国内外处理城市生活垃圾，一般采用简易堆放、卫生填埋、堆肥、焚烧、热解等办法。由于广州的生活垃圾无机成分为61.66%，（煤灰、瓦渣）热值低，既不宜采用深圳那样的焚烧处理，又不宜像天津那样将垃圾堆在一起，沤肥给农民，广州比较适合采用卫生填埋的方法处理垃圾。

市政府采纳了专家的意见。决定在广州外围选择几个适合兴建填埋场的地方。首先被选中的是黄埔的大田山和龙归镇永兴村李坑即将报废的漏水山塘。黄埔区和开发区的垃圾在大田山填埋，广州主城的大部分垃圾则计划运往李坑。没想到一场真正的垃圾大战就这样爆发了。

1989年3月4日，正当李坑垃圾填埋场进入紧张的施工阶段时，40多名当地农民手持锄头、扁担，闯入施工现场。他们以环境污染和水利问题未解决为由，强迫施工队立即停工，否则就打烂施工机械。为了避免事态恶化，施工队被迫停工。于是龙归镇和永兴村的干部对群众进行宣传教育，但有些村民置之不理，之后又多次出动几十人手持锄头、齿耙和扁担向施工人员进行威胁，迫使工程一再停工。

为了妥善处理与当地农民的关系，确保工程顺利进行，广州市环卫局反复与永兴村委会磋商，并经有关部门批准，决定将李坑山塘直接受益的30多亩农田和计划第二期的建设用地（山地）全部征用，加上维修扩建当地水利设施，国家为此付出100.5万元，1989年12月，永兴村委会正式签订了征地及经济补偿合同。

广州环卫局考虑到有关手续已经办理，经与村委会打招呼之后，于1990年6月19日派人进场施工。当晚10时多，70名农民忽然闯入工地，将工棚捣毁……6月20日，施工人员又搭起工棚，准备继续施工。是晚，近百名农民敲着铜锣闯入工地，将工棚捣毁，把两台钻机推翻……这些人扬言，谁继续施工就将谁丢下山塘。有关方面只好再次决定暂停施工。

政府是为了整个城市包括千百万个家庭的卫生选择了李坑的山塘为垃圾填埋场，永兴村人则是为了一个小局部的卫生环境而干扰破坏施工。

事实上，从地理条件看，广州南面是大海，绝不能倒垃圾；西北面是平原，也不可能用大片良田作垃圾场；正北面虽有白云山的沟沟洼洼，但谁敢把垃圾堆放在广州的“肺”上？只有东北面的丘陵地带可供选择。因此，李坑被选为广州市的垃圾填埋场，这是地理条件决定的。

另外，为了保证填埋场符合市环保办治理“三废”的要求，设计部门采取了切实可行的工程措施：填埋场采用分层压实，加土覆盖的卫生填埋工艺，有效地防止对大气和地下水的污染；设置分级环山截洪沟，减少雨水进入填埋区；设置导渗管沟，及时将场内渗滤水导至污水处理场，减少雨水泡浸垃圾的时间；建造可靠的污水处理设施，处理后的水质符合“广州市污水排放标准”第二类污染物一级标准；垃圾填埋过程中定期喷洒药物，有效地控制疫病、传染病的疫源；在污水处理场周边自然村设置观测井，定期抽样检查，保障村民的饮用水卫生……

这是一个标准的卫生填埋工程，永兴村农民应该放心。

为你的垃圾呕心沥血

今年底，老虎窿垃圾场将完全饱和，新建的大田山填埋场设计日处理垃圾量为400吨，但现在日进场的垃圾已近1000吨，处于超负荷状态。如果李坑垃圾填埋场不能在今年底前投入使用，广州将不可避免地成为垃圾城！

鉴于施工队在李坑“三进三出”，市委领导多次听取建设单位的汇报，朱森林同志指示：“一定要做好群众工作，保证施工正常进行。”市政府还发布了《关于建设李坑生活垃圾填埋场的通告》。白云区委一位副书记和一位副区长，亲自带领工作组进驻永兴村，挨家挨户做群众工作。龙归镇政府也发出了《告永兴村民书》。但是，少数农民仍听不进政府的劝告，继续煽动群众阻挠李坑的施工。

1991年1月17日上午，正当白云区两辆装有高音喇叭的宣传车进至11、12队村口时，一个男青年迅速跑进范氏宗祠敲响了铜锣。霎时，村民蜂拥而至拦住宣传车。工作组成员不顾个人安危，耐心地向群众宣传政府的《通告》精神。

这时又有几个青年敲锣打鼓，舞着狮子，从村里出来，与宣传车“分庭抗礼”。在这种情况下，工作组当机立断，严正警告极少数人立即停止煽动群众闹事。

第二天，白云区公安局依法拘传了两名肇事者。当天下午，在个别人煽动下，200多名不明真相的村民手持锄头、铁锹、铁条、草刀，包围了工作组，抓住了村妇联主任，企图把她当作人质，与公安分局拘传的两名肇事者对换。

当公安干警解救和护送妇联主任离开时，又遭到部分村民的袭击。他们投掷石头，打伤了几名干警，企图抢回妇联主任。在迫不得已的情况下，公安干警果断地投掷了两枚催泪弹，使用了射流器，终于驱散了闹事的人，当场抓住了几名肇事者，收缴了部分器械，从而使这场冲突得以平息。

1991年1月21日上午，60多人的建设队伍又一次开进了李坑，立即投入了紧张的施工。

与此同时，各级政府与建设单位继续解决当地农民的实际问题。目前政府已投资50万元，将李坑附近的连帘山塘加高加固，以便灌溉原靠李坑山塘用水的农田。还协助永兴村利用征地款兴办集体企业。此外，市环卫局计划从当地村民中招收部分工人，以解决该村劳动力出路问题。

最近，龙归镇党委、政府决定在永兴村开展社会主义思想教育试点，帮助群众正确认识和处理国家、集体、个人三者之间的关系。

今天，李坑垃圾填埋场的建设终于顺利进行。但是每天清晨或傍晚，当千千万万人从家里拎出一小袋垃圾，轻松地丢进垃圾桶的时候，你是否知道有多少人还要为此呕心沥血？国家为此要付出多大代价？

60 江村调查

1990年3月12日至16日，我和吴慕佳同志到江村进行为期一周的农村调查。江高镇政府办公室，临时安排我们住在镇招待所。这个招待所非常简陋。小小的房间摆放两张木板床，床上只铺了一张草席。好在天气不冷，还可以凑合。安顿之后，我们马上到江村，见到村支部书记江树标。他为人厚道，土改时就是这个村的书记，如今年近花甲，仍干劲十足。他让副书记向我们全面介绍江村改革开放以来的情况。之后，安排了学校、养鸡场、农贸市场、企业、合作医疗站的领导向我们汇报工作。还安排党员和村民座谈会。通过一周的调研，我们对江村改革留下了深刻印象，尤其是政治体制改革与经济体制改革协调发展的做法，使我们深受启发。

江村改革与变化

江村，位于广州市北郊，南依流溪河，西靠京广铁路。人口7370人，耕地面积2850亩。改革开放前，江村以种植水稻为主，年均人收入68元。1979年以后，江村在经济体制改革的同时，注意抓好政治体制改革，使“两个改革”协调发展，从而解放了生产力。

和全国其他地方一样，江村的改革，也是先从经济体制改革开始的。主要做法：一是实行家庭联产承包责任制，进而实行统分结合的双层经营承包责任制，调动了农民的积极性，巩固和发展了集体经济。二是利用江村优势，大力发展郊区型工副业，并在村办的企业中全部实行集体承包责任制。三是建立服务体系，为村民提供生产服务。村先后成立了农机服务组、水电管理组、农机技术咨询组、计划生育协会、村教育委员会等服务组织，村里服务工作实行"五个统一"制度，即农田统耕、水电统管、病害统防、化肥统分、教育经费统筹，受到村民的欢迎。去年又成立江村禽畜水产协会，延伸"以场带户"这一链条，为村民发展禽畜水产业提供产前、产中、产后服务，提供技术咨询和信息，及时反映生产者和技术骨干的意见和建议，维护村民生产上的合法权益。四是扩建江村市场，搞活江村经济。1988年至1989年，江村投资一百多万元开辟了2个综合性农贸市场，促进了经济流通，增加了集体收入。随着经济体制改革的不断深化，农村政治体制在某些方面开始出现不相适应的情况，为了巩固和完善新的经济体制，江村又进行了一系列的政治体制改革。

（一）理顺农村党政关系，明确各自职能。过去农村工作一般由党支部实行"一元化"领导，不论大小事都经党支部管。随着农村多种经济成分的出现以及各项事业的发展，党支部包揽一切的做法显然与农村商品经济的发展不相适应。因此，如何处理党支部与村委会的关系？既要保持党支部对农村各项工作的领导，又要充分发挥村民委员会的作用，这就成为农村政治体制改革一个首要问题。江村依据《中国共产党章程》中有关基层党组织的任务和《中华人民共和国村民委员会组织法》，明确了党总支与村委会的职能，规定日常的行政事务由村委会委员处理。重大事情由村委会集体讨论并提交党总支委确定。再由村委会公布实施。为了适应村经济发展的需要，村还成立了经济发展公司，在村委会领导下，统管全村的三十多家企业。由村经济发展公司代表村委会同各企业签订承包合同，审批各企业的规划和报告，并负责向村党总支委和村委会汇报工作，对重大事情和重大决策，向党总支和村委会提出建议。成立村会计站，负责统管全村15个生产队和村经济发展公司的财务收支和分配情况，负责统筹全村剩余资金的融通工作，重点支持村企业和个体户的发展。由于实行了党政分开，加强了各条战线的管理。理顺了各种关系，村委会发挥了应有的作用。村党总支也有足够的时间和精力来考虑村的重大决策和发展规划，抓好村的党务工作和精神文明建设。

（二）实行基层人事制度改革，充分调动基层干部的积极性。实行承包责任制后，怎样选配生产队长？如何发挥他们的作用？这是农村经济体制改革后遇到的一个新问题。村党总支和村委会调查了全村15个生产队的现状后，认为生产队长的普遍老龄化和实际上的“终身制”，不利于集体经济的发展，必须改革。于是，他们采取了三条措施：首先建立生产队长退休制度，让50岁以上的生产队长全部退下来，领取退休金，同时选择一批在生产队里威信高、责任心强的同志担任生产队长。其次，实行生产队长任期目标责任制，把各项工作量化为百分制，按得分多少实行奖罚。再次是生产队长的领导方式，变行政命令式为引导服务式。要求生产队长积极推广新的科学种养技术，积极为农民服务。由于生产队长目标明确，调动了积极性，江村连续几年获得了农业大丰收。

（三）加强农村社会主义民主建设，为群众参政议政创造条件。伴随农村商品经济的发展，农民参与管理意识逐渐增强。为了集中群众智慧，更好地推动农村各项事业的发展，村党总支和村委会逐步建立了民主选举村干部，群众评议党员、干部，重大事情集体讨论等制度。开始形成村民自我管理、自我教育、自己决定自己事情的民主气氛。村委会每年向村民汇报工作，提出新一年的工作目标，党总支每年两次向党员汇报工作，每逢村里重大决策，诸如集体投资、基本建设、兴办合资企业等都召集党员骨干开会和群众讨论，在广泛听取群众意见的基础上，再由党总支做出决策。村里一些群众性的福利事也由村委会提出方案，通过村民自己组织起来落实。村建立民主制度以来，不仅为村民参政议政提供了条件，而且也保证了村重大决策的民主化和科学化，从而推动了江村的政治、经济发展。

（四）加强和改善党总支对群众团体的领导，充分发挥农村群众组织的作用。实行家庭联产承包责任制后，农村群众组织怎样开展工作，的确遇到一些新问题。在这种情况下，村党总支首先加强了对群众组织的领导，村委会派出了5名委员担任共青团、民兵、妇代会、治安、调解等团体的领导，还派出一名委员负责村民政和侨联工作。同时，党总支定期听取群众团体的意见和建议，指导群众团体开展工作，解决群众团体各方面的困难，关心群众团体的发展。其次，村党总支把群众组织作为自己的得力助手，并引导群众团体根据自身的特点配合农村中心工作，开展各项有意义的活动，积极占领农村社会主义阵地。共青团开展歌咏比赛、上门慰问五保户、出外参观旅游等活动。村成立了一个基干民兵排，负责节日保卫、抗洪抗灾、抢险等任务，平时加强训练，维护社会治安。妇代会每年开展“五好和睦家庭”和“十项女能手”的评选活动，负责计划生育、禁赌、禁止封建迷信活动的宣传。治安和调解委员会负责处理村民各种纠纷，协助派出所做好村的治安保卫工作。村党总支书记专门负责青少年教育，每年放假前专门举行假前教育，使江村青少年犯罪率逐年下降，1989年比1988年下降了70%。由于群众组织在党总支领导下积极开展工作，不仅在党和群众之间架起了一座桥梁，而且增强了群众组织自身的活力和对群众的吸引力。

（五）加强廉政制度建设，密切党和人民群众的联系。农村党员同样面临着执政和改革开放的考验。村党总支把加强党和人民群众的联系，作为农村政治体制改革的一项重要内容。在改革开放之初，他们就把廉政建设摆上重要位置，建立了一套自我约束机制，1989年，村党总支和村委会又把原来执行的制度重新补充和完善，制订了12项廉政制度，向群众公开，并建立了内外结合的监督机制，把全村的党员和干部置于群众监督之下。几年来，他们坚持做到每月把村财务收支情况、宅基地审批情况、计划生育罚款用途情况等十几项群众关心的问题张榜公布，接受群众监督，这10年村干部尚未发现在经济上犯错误。

为了加强党和人民群众的联系，村党总支还制订了《党总支委目标管理责任制》。并采取“一联、二带、三包”的形式，保证党员同群众的联系。“一联”：党员固定联系户，支委固定联系队、总支委固定联系片；“二带”：党员带头走共同富裕的道路，带头保持廉洁和艰苦奋斗；“三包”：党员包教育宣传贯彻党的路线、方针、政策和上级指示，包教育联系户完成国家和上级下达的任务，包听取群众意见，及时向党组织反映。这一联系制度的实行，融洽了党群关系，提高了群众觉悟，原来征购粮、购买国库券、计划生育等难以完成指标的"老大难"问题都得到解决。江村每年还规定为村民办几件实事，并把办实事的内容公之于众，接受群众监督。1990年，村提出为村民办10件实事（经济发展比1989年递增20%，全村吃上自来水，新铺水泥路2条，新建公厕4个，垃圾池4个等），到目前为止，有8项实事已兑现。

10年改革使江村政治和经济面貌发生了深刻的变化：一是初步形成了农林牧渔、工商运输综合发展的郊区型农业模式。现在全村共有建筑、运输、商业、鸡场等34个集体企业。1989年全村工农业总产值6651万元，比1978年164万元，增加了近40倍。二是农民生活水平显著提高。全村农民有大汽车55辆，小汽车122辆，手扶拖拉机18台。摩托车380辆，安装电话63部。1989年，人均收入2123元，比1978年的68元增长31倍。现在村里基本实现了小"四化"，即住房楼房化，电话程控化，交通摩托化，家庭电气化。三是集体福利事业不断发展。村先后集捐资上百万元，创办江村中学、扩建小学、修建幼儿园。另外，每年投资10多万元用于村合作医疗，近年还集资40万元铺设村水泥路，投资5万元建起了"老人之家"。四是精神文明建设硕果累累。村建工作，计划生育工作被评为镇的先进单位，村民委员会被评为市先进单位，今年"七一"，村党总支被评为省、市先进党组织，养鸡场场长、共产党员谭巨添成为全国劳动模范。

江村改革的启示

江村在10年改革中，处理好"两个改革"的关系，使其互相配合，互相促进，协调发展，促使了江村发生历史性的变化，给我们以深刻的启示。

（一）要加强和改善村级党组织的领导，充分发挥村委会和共青团、妇联、民兵等群众组织的作用。加强和改善村级党组织的领导，充分发挥党组织的战斗堡垒作用，党员的先锋模范作用以及群众组织的桥梁作用。因此，处理好农村党组织自身建设与发挥群众组织作用的关系是十分重要的。一方面农村党组织要注意健全支委会集体领导与个人分工负责制度，特别是重大事情须经集体讨论决定的制度，以强化农村党组织对各项工作的领导。另一方面，农村党组织又要注意改善对村委会和共青团、妇代会、民兵等群众团体的领导方式，防止包揽一切，应让群众组织根据党组织的意图，结合自身的特点，独立自主地开展工作，以实现农村党组织在各个方面的领导。

（二）要加强农村社会主义民主建设，通过建立民主决策程序和群众参与管理的制度，进一步调动广大农民的社会主义积极性。农村各项事业的发展，使农民参与管理的意识日益增强，村干部凭“拍脑袋决策”和“谁大谁说了算”的做法，已不适应农村政治、经济发展的需要。因此，必须从三个方面加强农村民主建设。一是要围绕决策问题，在村级领导中建立决策的工作程序，保证决策的民主化，二是对村里一些重大事情应建立群众参与管理的制度。如选举、罢免村干部、评议干部、立项、投资、报告工作都要通过一定的方式吸收群众代表参加，并以制度的形式固定下来。三是有条件的村可以建立群众自治协会，处理村民之间发生的婚丧嫁娶、群众性福利事务等问题，逐步提高村民的自治能力。

（三）抓好廉政建设，进一步密切农村的党群和干群关系。当前，农村廉政制度建设，要抓住农村“人、财、地、物”管理和分配方面存在的问题，实行“公开办事章程，公开办事结果，加强群众监督”的制度。同时，要制定为村民办实事的计划，扎扎实实解决与群众利益相关的实际问题。通过抓廉政，促勤政，把干部群众的积极性调动起来。

第六章　关注民生

61 私路能否变公路

2003年6月，市政园林局服务监督处接到群众投诉，说下塘西小区有一段路灯长期不亮，无人更换，夜间居民出行很不方便，希望政府有关部门帮助他们解决问题。

对群众反映的问题，我立即召集有关处室研究。市政管理处反映，随着我市城市化进程加快，原先由农村、厂矿企业、房地产发展商投资建设的道路，逐步变为城市公共使用的道路。然而，私人道路变成公共道路后，为何却无人管理？经过深入了解，发现问题的症结是，一方面，政府没有把这部分道路纳入市政道路的维护范围；另一方面，原有的投资单位又没有积极性进行相应的管理维护，导致道路破损、排水管道堵塞以及井盖被盗的问题较为普遍，因而成为近年来市民投诉的热点。

就此问题，我们专门请教中山大学行政管理学院蔡立辉教授。在座谈会上，大家从理论上探讨如何解决私路公用问题。专家认为，对城市道路产权的界定、变更、补偿是政府的公共职能。由于对私路公用的产权变更会增加政府的财政负担，如改变权属的道路，会增加政府的维护经费。修订法规，调整管理职能，也会增加政府的行政成本。因而政府对城市道路产权的界定缺乏动力，造成公共管理缺失和市民无法享受应有的均等化的公共服务。同时现有法规对城市道路产权问题的界定上有盲点。目前国内还没有对城市道路产权界定的法规。特别是当道路功能性质发生改变后，对道路产权的变更、补偿、移交问题至今没有明确规定，这使得有关部门解决这类问题时缺乏法律依据。

为了使私路合法成为公路，我们向市政协撰写了一份提案，建议市政府责成有关部门，对广州市城市道路状况进行全面调查，根据城市道路功能性质的变化，提出重新界定城市道路的政策性意见；对事实上已成为公共使用的道路，包括城中村道路，厂矿和住宅小区内的道路，市政府应履行起维护和管理的责任；尽快制定和完善城市道路建设和管理的地方性法规，使市政府相关部门对城市道路产权的界定、变更、维护、管理有法可依。

这份提案引起了市政府重视，使部分私路逐步纳入了城市规划和市政管理。

62 旧城改造不该留下的“伤疤”

2007年，我因撰写城市更新，需要去荔湾区补充材料。虽然这几年不在荔湾区工作，但我一直惦记着金花小区改造。

金花小区旧城改造，是上个世纪80年代末，由市政府主持，国有开发公司负责开发的重点项目。经过20多年政府、企业的不懈努力以及当地居民的支持，基本上完成了改造任务。有6300多户居民，近3万人的住房得到改善。随着广州中调战略的实施，旧城危破房改造计划，重新被政府启动。这似乎为解决旧城改造历史遗留问题带来一线希望。

走进金花小区，看见西门口广场及座座居民楼拔地而起，着实令人惊喜！但是在高楼之间，却散布着小片零散的，低矮破旧的砖瓦房没有拆除，部分居民仍生活在“水深火热”之中。这些与高楼大厦极不协调的破旧房，成为繁华都市中的“贫民窟”和刺眼的“伤疤”。

我找到原荔湾开发公司总经理李汉兴，向他了解金花小区改造收尾工作。问他，为什么还有一些破旧砖瓦房没有拆除？他告诉我，这个问题比较复杂，一言难尽哪！一方面开发公司因资金缺乏、文物保护，以及公建配套等多种原因，致使历史遗留问题长期得不到解决。一些原先规划的公建配套项目也不符合现在建设标准。就拿27片地块来说，以前规划要建一所2200平方米的小学，开发公司已将该地块拆除2/3。因教育部门不想再建“麻雀”小学，也不想与其他学校合并，造成该地块一直闲置而不能利用。我又问，荔湾公司现在还开发项目吗？李汉兴不满地说，公司的“武功”早被废了！原先荔湾公司征用的中山七路锦绣坊地块，是政府行政划拨给公司作为承担金花小区旧城改造任务的一种政策性补偿，后来因规划调整而被政府收回。这块地，在中山七路扩路时，公司已支付1200万拆迁补偿费和预付120万元地价款，如今政府既不还地，也不还钱。

面对这位旧城改造的功臣，我无言以对，既同情又无奈。金花小区旧城改造遗留问题比我想象的要严重得多！应该如实向政府反映，即使问题一时解决不了，也要替荔湾开发公司诉诉苦。

回到地方志办公室后，我的心情一直难以平静。我决定马上动笔写份提案，向市政府建议：将金花小区旧城改造遗留问题，纳入广州市危破房改造项目，市政府投入必要的资金，拆除金花小区残存的破旧房屋，安置好居民，并将拆除后的地块用于绿化和公共设施配套，进一步改善小区居民生活环境；调整和修改金花小区规划，优化公共资源配置，弥补居民急需的公共服务设施；继续落实政府给予金花小区改造的优惠政策，保持政策的连续性。希望政府继续支持荔湾开发公司，善始善终彻底完成金花小区改造任务。

这份提案的办理，经过多次协商，最终是这样明确的：根据广州市旧城改造总体方案，荔湾区政府作为旧城改造的责任主体，将结合小区实际情况，组织区建设、规划、国土房管、财政、文化等部门以及金花街道办事处，对金花小区进行详细规划，以切实解决历史遗留问题，改善旧城区居民的生活环境。

63 社会精英应积极参与社区自治

我很早就开始关注社区居民自治，并把居民自治看成是社会进步的重要标志。虽然自己生活在社区，但平时忙于工作，也很少关心社区公共事务，更谈不上参与社区自治活动，想起来，深感惭愧。

社区是我们生活的家园，集聚着各方面的精英，他们是社区的宝贵资源。发展社区自治，离不开大家参与，尤其是需要社会精英的参与。然而，无论制度设计，还是动员精英参与，广州市还有许多工作要做。为此，我调查了几个社区自治情况，听取有关人员的意见。发现广州居民自治能力相对较弱。主要问题有：居民参与社区公共事务管理的热情和积极性不够高，议事能力有限；对社区聚集的大量优质人力资源，缺乏有效的组织和充分利用；政策指引不够具体，缺乏鼓励性和激励性措施。

针对这些问题，如何推进社区自治向前发展？尤其是社会精英如何参与、怎样参与社区自治？的确值得思考和研究。经过一段时间的调研，我基本理清了思路，提出解决问题的四点办法。首先，要充分发挥共产党员在社区自治中的作用。社区党组织要把居住在社区中的共产党员以及党代表、人大代表、政协委员和社会各方面的精英组织起来，有计划有选择地邀请他们参与社区自治章程和居民公约的制定，社会公益事业和公共事务的决策，以及对社区居民委员会工作的监督。其次，要充分发挥各方面人才在社区自治中的特长和作用。居委会可根据社区人才结构情况，组织若干个专业服务小组，定期或不定期向居民提供生育、教育、医疗、文化、体育、就业、心理等各类专业服务，以弥补公共服务的不足。第三，政府要为社区自治活动提供必要的经费保障，使居委会有能力能够经常组织居民活动。以吸引居民关注和参与社区事务，密切社会精英与居民的联系，培育和谐人际关系，形成政府管理与居民自治良性互动。第四，政府每年要组织评选和表彰社区自治活动积极分子，并给予其适当的奖励，以吸引更多的社会精英参与社区自治活动。

于是我把上述建议写成提案，得到政府有关部门的认可。

64 不许伤害地铁员工

平时我很少乘地铁出行，有时偶尔坐一次地铁，感觉十分快捷方便。一次，我刚走进地铁站闸口，看见一个男青年正在同乘务员争吵。原来这个小青年逃票被地铁乘务员抓住。这个青年不但不认错，反而恶语相向。这件事对我触动很大。作为曾经是地铁的一位老员工，我对这个不文明乘客感到羞耻！

事后，我开始关注地铁不文明乘车问题，经过多方了解和收集资料，发现故意伤害地铁员工的丑恶行为，触目惊心！应当采取措施，予以遏制。

2010年底，广州进入地铁大线网运营阶段，形成运营八条线，总里程236公里，包括144座车站的轨道交通线网。目前日均客运量达500万，每天开行列车约4000列次，承担全市约35%以上的公交客流运送任务。随着轨道交通线网的不断扩大，客运量的快速攀升，广州地铁的客运服务也面临着各种困难和挑战。其中比较突出的一点，就是一些乘客违反《广州市城市轨道交通管理条例》，不听从车站员工的管理，并采取极端手段，对履职员工实施殴打或恐吓。据统计，2012年1月至8月，广州地铁共发生员工被打、被恐吓事件120件。其中被打85件，被恐吓（辱骂）35件。还有地铁员工在查处票务违规，处理车站出入口违法摆卖，疏导乘车秩序及检查违规物品进站过程中发生被打被恐吓的情况较为突出，共98件，占总数的82%。违规乘客的行为，均有主观故意，突发性强的特点，往往对地铁员工造成较大伤害，带来身体伤痛和心理压力。其他诸如乘客醉酒闹事，精神异常，进站进列车乞讨的情况也时有发生。这些不文明现象总体上呈上升趋势。

为了有效遏制不文明乘车行为，我专门写了一份提案，提出如下措施：一是恢复对逃票等违规行为的行政处罚。建议有关部门修订《广州市城市轨道交通管理条例》，对逃票等违规行为，恢复罚款等处罚，以增加违规成本。二是加强地铁出口小贩摆卖以及非法搭客现象的综合整治力度。一旦发生地地铁员工被殴打和被恐吓的情况，公安部门应及时介入，按《治安管理条例》处置。对地铁出入口外小贩摆卖、非法搭客问题，城管部门应采取有效措施，建立长效机制，明确相关责任，确保地铁出入口外有一个文明乘车环境和良好的秩序。三是加强文明道德宣传力度，继续提升市民文明素质。建议在市级电视台，报纸等媒体，以公益广告的形式，宣传文明乘车规定，同时对不文明乘车现象，社会舆论和新闻媒体应予以谴责和批评。

这份提案引起广州地铁总公司的高度重视，他们将每月10日定为“文明乘车日”，并结合文明乘车日在线网开展“寻找广州地铁文明乘客”活动，同时借助“地铁下午茶”、“市民开放日”等乘客交流活动，宣传文明乘车观念，逐步营造排队候车、文明礼让、关爱互助的和谐氛围。

65 请善待城市“美容师”

2013年初春，一个宁静的早晨，中山七路人行道上遍地都是垃圾，红色的塑料袋随风飘舞，无人清扫。一打听，才知道环卫工人罢工，要求提高工资待遇。

长期以来，广州市环卫工人工资福利低，生活待遇低，社会地位低等“三低”状况，一直得不到实质性改善。据了解，广州市环卫工人，月薪普遍在1000元出头，执行的是广州市最低工资标准，加上社保、医保，月收入也不足2000元。过低的工资待遇直接导致环卫工人停工，抗议，上访和集体诉求屡有发生，市内部分路段无人清扫，垃圾满街飞，社会颇有微词。

这个问题引起我的关注。经过调查研究，发现导致环卫工人工资过低的主要原因有：政府投入不足，市区两级财政安排经费少，资金缺口大。环卫市场化改革后的机制也有问题。城市环卫项目的发包是按最低工资计算的，必然是价低者得。环卫公司为了中标，尽量压低劳动成本，肆意侵害工人利益，以增强公司的竞争力和利润。还有一个原因，街道环卫站仍作为自收自支的事业单位，过度依赖垃圾收费，以解决部分工资补贴。而向居民收取垃圾处理费，实际执行效果不佳，难以弥补街道资金缺口。

广州作为中国的一线城市，不论经济实力，还是社会发展，都处在国内大城市的前列，应该有能力提供更好的公共服务。然而，广州环卫工人工资待遇甚至不如国内二线城市，简直难以置信！这与一线城市的地位极不相称。环卫工人的诉求也是合情合理的。我作为广州市政协委员，支持提高环卫工人的工资待遇的诉求。

想到这里，我决定写一份提案，向市政府建议：加大政府投入，把环卫纳于政府公共服务项目，增量市级财政转移支付，取消垃圾收费，使全市居民享受无差别的均等化的公共服务。提高环卫工人的工资标准和福利待遇，改善环卫工人的工资结构，适当增加浮动工资和奖金，让环卫工人有能力支付养家糊口、孩子上学等的日常开销。政府和社会都要关心环卫工人的劳动和生存状况，提升他们的社会地位，并采取积极措施，保持环卫工人队伍的稳定和可持续发展。

事实上，在我提交提案之前，市政府正在研究和解决环卫工人工资待遇的一揽子方案。特别值得一提的是，一个月后，环卫工人的工资待遇有了很大改善。实际月收入为3033.79元。比原来2175元增加了859元，增幅约为40%，达到国内经济年GDP排前十位城市的平均水平。并且与广州市的辅警、治安员、交通协管员、城管协管员等群体合同工的收入待遇基本持平。

66 抢“咪”发言

每年广州市政协的大会自由发言，都会上演一场参政议政的“盛宴”。尤其是各出其招的抢“咪”发言，给人们留下难忘的记忆。广州市第十一届政协第五次会议是本届最后一次会议，许多委员为了争取大会发言机会，厉兵秣马，憋足了劲，力求一鸣惊人！

就在大会发言前的晚上，我的心情难以平静。不为别的，就为广州“三旧”改造问题，思来想去，这个事关民生和大局的问题，要不要在大会上轰一炮？

回顾广州旧城改造历史，留下了太多的教训。黎子流任市长时，为了吸引港资，提高容积率，造成旧城改造公建配套严重不足；林树森任市长后，便把发展商参与旧城改造的大门给关上了，致使旧城房屋年久失修，又引起市民不满；张广宁刚任市长，就提出了“中调”方案，公开欢迎发展商参与“三旧”改造。在讨论政府工作报告时，有的港澳委员提出，应提高“三旧”改造的容积率。听到这个议论，我觉得有问题，靠提高容积率改造旧城，容易重蹈覆辙。难道没有别的思路和办法解决旧城改造的难题？

围绕这个问题，我想了很久，为什么不能组成一个新的利益共同体，以产权为纽带，所有与之相关者都有权参与旧城改造。比如，政府作为公共产权的代表者，发展商作为投资者，居民作为原产权人，他们可以联合开发。以成本共担，利益共享为载体，公共设施的改造成本由政府分担，不能由开发商分担，原产权人也要分担一定的改造成本。扣除改造成本之后的利润，原住民（产权人）可以分享利润与物业收益。通过组成新的利益共同体，解决“三旧”改造利益分配不均的问题。我觉得这个方案比单纯提高容积率更能维护产权人的合法权益。于是，我决定在大会上抛出这个方案。

然而，大会执行主席不一定给我发言机会。因为想发言的人很多，多年来政协内部有一个不成文的规定，中共委员在这种场合尽量把发言机会让给民主党派和党外委员。想到这里，我又有些犹豫了。说吧，会坏了规矩，不说吧，让提高容积率的声音占主导，将对广州“三旧”改造不利。我想，在大是大非面前，共产党员应该站出来，发出自己的声音，这是对党对人民负责的表现！看来这次大会发言不能错过，否则，没有机会在公开场合阐述自己的观点。

2012年2月23日上午9时，大会发言，在宏大的白云会议中心礼堂举行。大会执行主席是市政协副主席刘平，当她宣布大会自由发言开始，台下委员纷纷举起了右手。为了吸引大会执行主席的注意力，有的挥动手上的报纸；有的委员解下紫色的围巾，在空中飞舞；有的甚至不停地挥动手里的口红；有的向执行主席递纸条，大家各显神通，争夺发言权呈“白热化”。

那天我坐在第九排，举了一次又一次手，手都举酸了，刘平装着没看见似的，始终没给我机会。眼看大会发言的时间不多了，靠举手发言的希望非常渺茫，不能这样耗下去，得想其他办法。当话筒传到坐在第八排的李社荣委员手上时，我离他仅一步之遥。我想，机会来了，不能按常规出牌。他发言刚完，我一个箭步冲上去，从他的手上夺过话筒，大声地说：

“谢谢大会执行主席给我发言机会。”引起哄堂大笑！没等刘平反应过来，我便开始阐述对“三旧”改造的建议。

我的发言一结束，不少记者围上来，要采访我。我只好退出会场，到外面接受记者采访。记者纷纷提问：什么叫利益共同体？你对“中调”有何看法？你的“三旧”改造方案如何操作？对此，我认真作了回答。

第二天，广州地区的报纸都在显著的位置，对我抢“咪”发言作了报道。《南方日报》说我是强悍派夺“咪”谈“三旧”；《广州日报》授予我最佳动作奖，先斩后奏，飞奔“抢咪”；《南方都市报》说我是最快手，抢麦侃谈三旧改造；《新快报》说我最“要赖”跑出座位，不听指挥，直接抢咪；《信息时报》说我“豁出去”动手去“抢麦”。总之，各大报纸，都以醒目的吸引眼球的标题，报道了我抢“咪”发言的一瞬间，这使我一时成了当地的新闻人物。

翻阅当天的报纸，只有《南方日报》对我发言的报道相对完整，不妨摘录如下：

胸有成竹的王林生的建议，是针对“三旧”改造的。他说，回顾“三旧”改造的历史，一味丢给开发商去搞不行，会导致高楼林立，配套严重不足；后来政府将权力收紧，又碰到资金方面的问题。可见，单靠开发商或者政府来进行“三旧”改造都是不行的。能不能将有形之手和无形之手有机结合起来？我认为是有可能的。要组成一个经济利益共同体。他解释说，自己提的思路，与广州猎德、杨箕村等改造思路还是不一样的。第一，过去城中村的改造的公建配套都是一起包给开发商，要求开发商在一定时期内建好，现在由政府投入，质量更有保证。第二，改造区域的原住民应有权分享改造成果，以前只强调回迁，一次性补偿，对于新增商业物业，比如停车场、商铺等无权支配，传统原住民应该有权分享，比如在商业运营后每年能固定分红。第三，原住民有权参与共同决策，比如参与包括规划、改造成本计算等问题，目前很多只有问询的权利，而没有主要决定权。

这次大会抢“咪”发言，虽然“违规”、“越位”，但我要说的话都说了。这个建议对后来广州“三旧”改造思路产生了一定的影响。我作为政协委员，在履职上算是交了一份比较满意的答卷！

67 沙井盖管理为啥这么难？

每当我们在城市道路上开车，遇到凹凸不平的沙井盖时，躲避不及只好径直开过去，车辆的颠簸与震动，难免会抱怨几句，“现代科技这么发达，市政部门连个沙井盖都铺不平，真是丢人现眼！”

2015年2月，在即将召开的广州市政协第十二届四次全体会议前，我在咨询问政会上找到城市主管部门，了解沙井盖管理情况。据他们提供的数据，广州有120万个沙井，分布在大大小小的道路和横街窄巷。我问，城市道路究竟有多少个沙井盖凹凸不平？城市主管部门因没有普查，无法提供这一数据。但有一个不争的事实是，不少道路都存在这个问题。例如，我经常驾驶车辆行走的沙太路，车行道上的沙井盖与路面不平的问题，显得更普遍，更突出。

值得关注的是，道路不平整，潜在着不安全隐患，导致车损人伤，甚至为了躲避，还有可能引发交通事故。这绝不是一件小事，而是关系民生的大事。这个问题实质上反映了一个城市建设管理水平，影响老百姓日常出行，损害广州城市形象。

为什么城市道路上的沙井盖凹凸不平的问题多年未能解决好？带着这个问题，我做了深入的调查研究，发现主要原因有：一是城市建设管理体制不顺，存在着多头管理问题。据了解，交委管车行道，城管委管人行道，园林局管绿化带，一个小小的沙井盖，涉及给排水、供电、供气、路灯、通信等40多个业主与有关审批部门。管井盖的不管道路建设，管建设的不管维护，管执法的又管审批。这种交叉管理体制，一旦发生问题就会互相推诿扯皮，影响行政效率。二是缺乏有力执法手段。目前试行的《广州市沙井盖设施管理办法（试行）》，只是作为内部行政规范文件，对政府主管部门缺乏行政法规的约束力。城管委作为执法部门，对主管部门不作为基本无能为力。这是导致沙井盖管理问题长期不能解决的重要原因。三是没有把沙井盖管理列入政府问责范围。对于沙井盖不按建设标准建，建好后不验收投入使用，使用后不及时维护等问题，缺乏纠错和监督机制。尤其是主管部门不作为时，没有启动问责机制，致使问题无人过问和解决。

于是，我将调查情况整理了一份提案。针对问题建议如下：（一）改革城市管理体制，理顺建设，维护，管理执法之间的关系。将建设维护管理归口一个部门，将监督执法归口另一个部门，从而解决多头管理，又缺乏监督制约的问题。（二）加快沙井盖设施管理立法，为城市管理执法部门提供执法依据。切实解决管理中的弊端，提高政府部门执行力和行政效率。（三）对广州市所有道路的沙井盖开展普查，记录在案，按现行管理体制实行整改，力争在今年解决沙井盖与路面不平这一老大难问题。（四）对沙井盖管理建立问责制。把沙井盖设施管理列入政府问责内容，并接受社会监督。对辖区内沙井盖凹凸不平的问题视而不见，见而不管，导致群众举报，应追究相关管理人员的责任。

68 最后一个提案

2007年，我当选第十一届广州市政协委员，2012年又当选第十二届广州市政协委员。写提案，是政协委员履职的一项重要工作。这十年，我独立撰写了8份提案。关注的主要问题是城市建设、管理及民生问题。

到2015年，先后撰写了《关于界定城市道路产权的建议》《解决金花小区旧城改造遗留问题》《组成新的利益共同体，推进广州“三旧”改造》《关于鼓励社会精英参与社区居民自治的建议》《关于提高环卫工人工资待遇的建议》《关于解决城市道路井盖凹凸不平问题的建议》共7份提案。

从2007年开始，作为广州市地方志办公室主任和政协委员，本应该为广州史志工作多写几份提案，但我的提案几乎与它不沾边，想起来有些内疚和惭愧。2016年是我当政协委员最后一年，留给我的时间不多了，我要珍惜最后的机会，为推动广州市史志工作作点贡献。想到这里，我决定最后一个提案一定要与史志工作有关。

我认真回顾在地方志工作期间碰到的各种问题，努力寻找薄弱环节。2009年，我参加中国社会科学院现代史研究所在四川成都举办的国际口述史研讨会，发现广州口述历史研究与北京、上海、江苏、浙江、四川相比较，明显存在差距。回来后我就在广州市地方志学会建立了口述历史专业委员会，但工作开展很不理想。思前想后，我觉得，广州应该成立一个独立的口述历史研究会。于是，我撰写了《建议把口述历史纳入政府史志工作的组成部分》提案。

2016年第十二届第五次广州市政协全体会议在广州珠岛宾馆召开，我带着这份提案参加了会议。每次市领导参加分组讨论，是争取发言阐述提案理由的最好机会，当然我不会错过这样的机会。这天上午，听说市委常委、宣传部长徐咏虹参加我们第八组讨论，我早早来到会议室找好位置，等待机会发言。我知道学习文史委员会并未安排我发言，但我深感这次发言非同小可，一定要让市委领导知道广州口述史的落后状况，让广州奋起直追。终于轮到委员发言了，第一个委员话音刚落，我就抢先接上去了，这多少使会议主持人有点意外。我厚着脸皮开始畅谈广州发展口述历史的必要性和重要性，建议把这项工作纳入广州市史志工作的组成部分，成立广州市口述历史研究机构，政府划拨必需的经费，支持广州口述史研究。徐咏虹接过我的话题，肯定了我的建议。她说："广州口述史工作刻不容缓。我们要以抢救的姿态，把革命和建设时期老人掌握的历史记忆，通过口述访谈，保存下来。"徐部长的这番话使我深受鼓舞。

我深知，再好的提案，如果不落实，也是白写！为了接受以往光提不跟进的教训，这份提案一转到政府有关部门办理时，我就主动与承办人联系，及时沟通，全程跟进，调整思路，确保提案能够落到实处。

在提案办理过程中，一直得到广州市政府地方志办公室的领导和同事的大力支持，不仅安排专人协助我筹备广州市口述历史研究会，而且还提供项目经费支持，这大大增加了我做好工作的信心。

说起筹备研究会，这事还真颇费周折。作为一个社团组织，它有其特定的章程和组织架构。当时碰到最大的问题是，谁当研究会会长？理事会如何安排？十六位发起人找谁？最初我想找广州日报集团牵头，但他们因是上市公司不方便参与。后来我又找了几家广州国有企业，听说我们是搞口述史的，理都不理。正当一筹莫展时，我忽然想起广州大学新闻传播学院院长纪德君，他跟我都是学文委委员。让他担任会长是不二的人选。当晚我就给他打电话，请他担任广州口述历史研究会会长，他却建议我当。我说，我是退休人员不合适，但我可以当个理事，全力协助你工作。虽然他在电话里推辞另找他人，但在我的坚持下，最终他还是接受了我的建议。落实会长人选后，我建议副会长由中山大学历史学博士、五邑大学讲师付艳丽担任，秘书长是广州采宝印刷有限公司法人、留英商务管理硕士，年仅26岁的章名辉。会员大部分是学文委委员及广州史志专家。就这样，研究会的人事问题基本解决了。万事俱备，只欠东风。

2016年11月4日上午九点，广州市口述历史研究会成立大会在地方志办公室三楼学术报告厅隆重召开。出席会议约30人。会议通过了章程，选举产生了会长、副会长、秘书长、理事。新当选的会长纪德君发表即席讲话，对研究会工作作了安排，并寄予厚望。最后地方志办公室主任黄小晶、广州市社会组织管理局副局长胡凌发言，她们表示将倾力支持广州口述史工作。这次大会，标志着广州口述史研究掀开了新篇章。

会后，我们接受地方志办公室交给的创业创新在广州访谈项目，初步安排邀请九位名人接受我们的口述访谈。这是研究会成立后的第一个项目，大家高度重视，决心迈好第一步，为推动广州口述史研究积累经验、打好基础。

最后一个提案终于落地。回顾参加政协工作十年，最令我感到欣慰的是，亲眼目睹了广州市口述历史研究会的成立，并且在退休之后能参与广州口述史工作，实现了我多年的愿望。

附录：个人经历

1953年

农历九月二十六日亥时，出生于江西省瑞昌市白杨镇连山村咀上王。是年，父亲王忠俊27岁、母亲邱荷香24岁。

农历十二月，母亲请敬育先生为我算命。因五行缺木，母亲给我取名林生。

1954年

农历六月初七，长江溃堤，祖屋被洪水淹倒。我和祖母被临时安置在地势较高的大伯家，父母和两个姐姐住在竹林埂上临时搭建的茅棚。

7月，我和两个姐姐过小喜（出麻症），瘦得皮包骨。父亲用石碾碾了一箩大米，祖母用米糊喂我，直到10月才逐渐恢复健康。

10月，父亲准备做新屋。请敬育先生到上塘选址，看中此地风水好，便在此兴建明三暗五的砖瓦屋一幢。

12月全家搬进新屋。

1955年

是年在新屋顺利成长。

1956年

叔叔王忠友从朝鲜战场复员回国，父亲为他找媳妇，年底结婚。婚后不久便与父亲分家。

1957年

在家玩耍。

1958年

夏天，第一次看见飞机由北向南飞过屋顶。

生产队开始吃“大锅饭”。

1959年

9月1日入读周家塘连山小学一年级。

1960年

8月收到成绩单，因数学不及格而留级。

1961年

9月1日升二年级。

1962年

9月1日升三年级。

是年加入中国少年先锋队，戴上红领巾。

1963年

暑假，回生产队拾稻穗。

1964年

9月1日，入读黄桥中心完小五年级。

1965年

9月1日，升六年级。

1966年

6月，“文化大革命”爆发。

9月1日，被瑞昌中学录取，入读初中一年级（1）班。

1967年

是年学校停课，在家休学。

1968年

9月1日，从瑞昌中学转学湓城“五七”中学。

1969年

在校参加“学工、学农”活动。

1970年

2月初中毕业，回家务农。

5月任生产队会计。

9月参加瑞昌县民兵野营拉练。

10月参加全县挖掘“长河”水利工程建设。

11月加入中国共产主义青年团。

12月22日应征入伍，所在部队驻扎深圳洪岭。

1971年

1月随部队进入惠阳潼湖，执行军农生产任务。

5月8日，代理步兵第375团8连军械员兼文书。

9月，“九一三”事件后，我营进驻平潭机场。

1972年

12月，经许秋权、李富程介绍加入中国共产党。

1973年

2月，跟随部队返回潼湖，继续军农生产。

1974年

6月，调任团司令部管理股文书。

11月，调入团政治处宣传股新闻报道组。

1975年

3月开始自学《政治经济学》。

10月13日，首次回家探亲。

10月19日，徒步从好汉坡登上庐山，游览仙人洞。

11月2日，乘东方红3号客轮逆水而上，经武汉返回部队。

11月11日，自学《现代汉语语法知识》。

11月20日，撰写的《革命意志不衰》通讯，在《江西日报》第3版发表。

1976年

1月，任步兵第375团五连三排排长。

3月10日，给广东师范大学工农兵大学生介绍新闻报道体会。

5月5日，参加师教导队战术集训。

11月6日，师干部科派我和徐尤松去江西省南丰县调查干部问题。

11月28日，回家省亲。

1977年

2月，任步兵第375团8连政治指导员。

8月，任陆军第125师政治部组织科干事。

1978年

1月12日，参加陆军第42军教导队为期83天的集训。队列、射击、投弹、刺杀、跨障、单双杠、跳木马、爆破、土工作业等各科均取得“三会”（会做、会讲、会教）及优良成绩。

8月，任陆军第42军政治部组织处干事。

10月，跟随步兵第371团摩托化开进，抵达中越边境——龙州。

1979年

1月，在边境茅棚里撰写散文《怒吼吧，古炮台》，2月底在《广西日报》发表。

2月17日早上6点40分，中越边境我边防部队全线反击，万炮齐轰，地动山摇。当天下午5时55分，我随穿插部队越过中越边境。

2月18日，拂晓通过越南东溪，上午9时到达嫩金山口，天黑到凭垄下山，沿公路直奔果冈。

2月19日，6时到果冈，挖防空洞，晚上翻越大山直插高平南侧。

2月20日—24日，我团占领纳门、纳热。

2月24日，我团攻占316高地，为全师攻占高平市抢占了有利地形。

2月25日，早上8时我团向高平市开进，10时25分通过市中心。

2月26日，夜宿喊安。

2月27日，我团9连在巴博与敌卫生队遭遇，先敌开火，毙敌14人，俘敌女兵3人，我无伤亡。

2月28日，随前卫营进至光头山，通过山垭口时，遭越军火力封锁，险遭不测。

3月1日，晚上372团打通道路。

3月2日，晚上我团进至茶陵，在那垮山沟里过夜。

3月3日，拂晓41军炮火猛烈轰击茶陵县城。当晚首次住进民房。

3月4日，下午1时向广渊进军。

3月5日，我国政府宣布撤军。

3月6日，驻扎广渊。

3月7日，黄昏，越南一架飞机从我方阵地上空飞过。

3月8日，傍晚敌机飞临我方阵地上空，我高炮还击，敌机被一团火球围住。

3月9日，进山搜剿残敌。

3月10日，我团3连炸毁一个山洞，毙敌20多人。

3月11日，去3连了解一班长李金斧英雄事迹。中午机关、首长在广渊合影。

3月12日，早上6时离开广渊去复和。

3月13日，到达复和。

3月14日，去9连了解吴汉良用火箭弹摧毁敌三个火力点的事迹。

3月15日12时55分离开复和，下午1时35分经水口关班师回国，受到当地群众夹道欢迎。

3月16日，124师最后一批部队撤回中国境内。

4月，在边境林场撰写375团2连副连长黄纪石全国英雄报告团事迹材料。

4月下旬，因作战表现突出，被军政治部记三等功一次。

5月，随军机关从广西贵县乘船沿西江至东江撤回惠州驻地。

8月1日，经军政治部组织处处长贺永辉和宣传处干事李建华介绍，认识妻子王向群。

12月29日，在广州市东山区红卫街登记结婚。

是年，在中越边境创作的散文《怒吼吧，古炮台》获广州军区文艺创作二等奖。

1980年

2月6日，在广州市东山区共和南502房结婚。

3月，调入广州军区司令部办公室首长秘书科，任广州军区副政委单印章机要秘书。

4月，创作报告文学《祖国锻造的利剑》，被解放军文艺社编入《新一代最可爱的人》一书。

6月10日—7月11日，参加广州军区第五次作战经验交流会。

10月14日，跟随单印章副政委到衡阳军分区调研。

10月15日，跟随单副政委视察广州军区衡阳汽车库。

10月16日，跟随单副政委参加121师在广西崇左进攻性军事演习。

11月16日傍晚，女儿诞生在博罗县33野战医院。当晚12点在演习指挥部接到岳母的报喜电话。

1981年

11月初，跟随单副政委视察广西边防部队。

11月6日，上法卡山慰问守备营。我代表首长到前沿与敌对峙的5号阵地看望猫儿洞的战士，不时遭敌冷枪射击。

1982年

3月16日—4月15日，跟随单副政委视察广东边防部队。先后登上三门岛、桂山岛、担杆岛、上川岛。

1983年

3月，从军区机关下124师政治部，任组织科副科长。

8月，任步兵第372团副政治委员。

9月至1985年12月，参加惠州教育学院师范专科政治专业函授学习，学制三年，按教学计划完成学业，成绩及格，准予毕业。

1984年

9月，任步兵第372团政治委员。

1985年

是年，全团积极备战，准备赴广西支援41军边境夺点作战。

1986年

是年筹备和参与永汉团陆空协同进攻性演习，时任总参谋长杨得志到演习指挥部观摩。

12月，任陆军126师政治部副主任。

1987年

5月31日，从126师转业，进广州市委经济工作部，任调研处正科级干部。

1988年

8月，任广州市委政治改革办公室党群改革处副处长。

1989年

是年负责组织起草《广州市廉政制度建设规划纲要》。

《外国政府公开化几例》刊登《南风窗》第8期

《金花街，老年的微笑》刊登《南风窗》第10期。

1990年

10月，任广州市委政治体制改革办公室党群改革处处长。

《治吏备忘录》刊登《南风窗》第1期。

《税务官的新动作》刊登《南风窗》第2期。

《小行星撞击个体户》刊登《南风窗》第5期。

《敲竹杠的小人物》刊登《南风窗》第11期。

《昨日春苗今何在》刊登《南风窗》第12期。

《中外妇女文摘》第1期转载《老年的微笑》。

1991年

9月至1994年7月参加中共广州市委党校政治专业三年制本科（业余）学习，学完教学计划规定的全部课程，成绩合格，准予毕业。

12月，任广州市委企业工委组织处处长。

是年被评为广州市先进转业干部。

《这里夫妻谁当家》《山火为何无人救》刊登《南风窗》第5期。

《“李坑事件”的前前后后》刊登《南风窗》第8期。

《坚持办事公开群众监督是搞活大中型企业的重要保证》《农村政治体制改革必须同经济体制改革协调发展——广州市白云区江高镇江村改革的调查与思考》刊登《改革导报》第7期。

1992年

10月，任广州地下铁道总公司临时党委副书记，负责党的建设、思想政治工作、人才招聘、地铁拆迁及物业开发工作。

12月28日，在中国大酒店正式成立广州市地下铁道总公司（为正局级企业）。

1993年

6月向邵云平总经理建议地铁拆迁安置分包给各区。

是年市长黎子流与各区及19个部委办局一把手在市政府签

订拆迁安置承包责任状。

12月28日，在芳村举行地铁一号线开工仪式。

1994年

是年大力推进地铁一号线设计、设备引进、试验段工程、拆迁及地铁上盖物业开发等工作。

1995年

1月选任广州市荔湾区副区长。（期间：1997年9月—2000年7月，攻读中央党校领导干部在职研究生；2000年9月—2003年6月，攻读华南农业大学经贸学院管理学博士研究生）先后分管城市规划、建设、国土房管、环保、人防、财政、计划、统计等工作。

12月8日，协调处理大同路3041地块80多名拆迁居民围攻荔湾开发公司突发事件。

是年去日本、加拿大、美国考察城市建设。

1996年

2月，向陈开枝副市长建议出让康王路地下人防工程土地使用权，获其首肯，成为中国出让地下空间使用权先例。

4月18日，签发《关于康王路（暂定名）开发工程立项的请示》（荔府报〔1996〕9号）和《关于开发建设康王路（暂定名）需要的若干政策、条件的请示》（荔府报〔1996〕10号）。

8月，向陈开枝副市长汇报宝盛沙地成片房屋沉降破损情况，建议市政府把这片旧城交给荔湾区改造。12月4日，印发《市长办公会议纪要》，成为宝盛沙地改造主要依据。

12月6日，市国土房管局公布康王路北段拆迁公告。这标志着康王路人防工程建设进入实施阶段。

是年督促荔湾公司和荔华公司加快金花小区回迁房建设进度。

1997年

6月，为解决西门口广场历史遗留问题，经多方努力，促成荔湾公司与香港爪哇公司就西门口广场合作建设达成协议。

8月28日，举行康王路地下人防工程奠基典礼，代表区政府致辞。

1998年

4月，妥善解决了康王路北段拆迁最后一个“钉子户”。

10月23日，市地名办发文（〔1998〕10号），正式将“世纪路”改为“康王路”。

1999年

1月，《探求旧城改造新思路，奠定荔湾发展新基础》刊登《穗府调研》第6期。

7月23日下午，召开康王路拆迁动员大会，代表区政府作动员报告。

8月，组织文物专家会审，决定将绵伦会馆原封不动打包，平移至新址。

是年在创建文明城市中，被市委市政府评为积极分子。

2000年

7月26日，支持人大代表关于西焦煤场搬迁议案，在市协调会上，代表区政府建议“先关闭，后搬迁，再建设”。

10月，基本完成康王路主体路位拆迁及陈家祠绿化广场拆迁安置工作。

《在康王路商业城新闻发布会上致辞》刊登《广州人防》

第3期。

是年被广东省国防动员委员会评为全省人民防空先进工作者。

2001年

4月15日，《谁来监管村集体资产》论文被华南农业大学2000年度“经济学观察研究生论坛”评为优秀论文。

6月16日，接受《南方都市报》记者采访，《谈“中变”工程》，在官员访谈栏目发表。

7月19日，西焦煤场终于关闭，终结了市内最后一个煤场。

8月26日，《西关文化是特殊资源》，在《广州日报》理论版发表。

8月27日，绵伦会馆完成平移工程，顺利到达新址——华林寺停车场。

10月1日，康王路地下人防工程封顶。

是年被广州军区国防动员委员会评为先进工作者。

2002年

4月，参加广东省副厅级领导干部公开选拔，通过笔试并进入面试。

5月18日，《中国共产党执政规律：与人民保持密切血肉联系》，在《羊城晚报》理论版发表。

6月3日—15日，参加荔湾区政府考察团，赴挪威、瑞典、德国、意大利（罗马）考察。

《产权制度在人防地下工程建设上的一次创新》，刊登《中国人民防空》第3期。

10月21日，《制度创新，推动发展》，在《羊城晚报》学习专刊发表。

12月，全国第一家环球旅游式地铁商城——康王商业城建成并投入使用。

是年荣获《中国人民防空》杂志社通讯报道三等奖。

2003年

4月，任广州市市政园林局党委副书记，负责组织人事、保卫、办公室工作。

作为省委组织部公选厅级领导干部命题组成员，在南海西樵山被封闭工作一周。

6月24日，讨论政企分开改革方案。

7月2日，研究局改革方案。

7月22日，研究上半年局长、书记工作总结讲话。

8月1日，《增强反腐倡廉的制度供给》，在《广州日报》理论版发表。

8月12日，研究2003年局民主生活会整改问题。

8月14日，局党委研究干部调整工作。

8月28日，参加局党委民主生活会。

8月29日。研究安置8名军队转业干部。

9月10日，党委研究成立广州市污水治理有限公司机构问题。

9月30日，召开公务员行为规范领导小组会议。

11月10日，研究局基层评议机关材料。

11月12日，研究公园改革问题。

11月24日，召开信息化工作小组会议，研究2004年—2006

年信息化规划。

12月2日，召开局信息化工作领导小组会议。

12月12日，研究政园公司及其参股公司的出路及管理问题。

12月15日，召开局系统民主党派成员座谈会。

12月19日，听取党建、党风、宣传、厂务公开检查情况汇报。

12月，《论诚信的价值观》论文被中国市政行业思想政治工作研究会评选为2003年度优秀论文奖。

2004年

1月8日，研究自来水工程公司裁员问题。

1月13日，参加局2003年度工作总结大会。

1月16日，廉政领导小组研究党风建设责任制考核初评情况。

1月28日，研究老八区污水治理工程项目三年（2004年—2006年）实施计划。

2月2日，召开局机关开展思想作风教育活动动员大会。

2月3日，研究污水处理系统的组织架构。

2月24日，参加组建污水处理公司领导小组会议。

3月10日，主持副处级领导干部公选领导小组会议，决定23日动员，25日进入封闭式命题，4月1日开考。

3月17日，赴上海、南京、南昌三市考察公共服务。

4月14日，在黄花岗公园调研。

5月19日，在公用事业规划设计院调研。

5月12日，了解自来水公司改革方案。

6月4日，召开局信息工作会议。

6月，在流花湖公园、文化公园、动物园、东山供水管理所调研。

6月17日，《落实科学发展观关键是用好人才》，在《羊城晚报》求是版发表。

6月18日，召开局信息工作会议。

6月24日，召开公选干部到位座谈会，王大通、杨延晖、欧阳建新、杨英、袁永钦、李懿东、范永红、谭明鹤8位副处长在会上即席发言。

6月30日，率广州市政建设代表团一行7人，赴巴西、智利、秘鲁、阿根廷4国进行为期18天的考察。

8月5日，召开思想政治工作“务虚会”。

8月6日，研究行政许可闭合审批问题。

11月19日，组织局机关研究如何落实对白云山管理局的管理职能问题。

11月19日，召开学习型党委座谈会。

11月，在西村水厂、石溪水厂调研。

12月20日，主持召开局“十一五”发展规划初步研究报告专家论证会。

12月，率市政考察团赴俄罗斯、挪威、瑞典、德国考察。

2005年

1月10日，召开公招博士（11个专业，28名）工作总结座谈会。

1月24日，召开局新闻信息工作会议。

1月25日，主持召开广州十区两市市政园林工作座谈会。

1月，专著《中国地方政府决策研究》由华南理工大学出版社出版。

2月3日，参加流花湖公园党的先进性教育动员大会。

2月8日，参加文化公园先进性教育动员大会。

3月1日，召开2005年政治工作会议。

3月4日，召开特约信息员工作会议。

3月25日，研究局内部竞争上岗方案。

4月20日，参加市“先进办”座谈会。

4月21日，在自来水公司调研。

4月28日，召开局先进性教育领导小组会议。

5月17日，在市政维修处调研。

6月8日，在市绿化公司调研。

6月，率南亚考察团，赴斯里兰卡、印度、巴基斯坦、尼泊尔考察。

8月1日，率园林考察团赴香港特区考察香港园艺。

8月5日，上午参加白云山管理局事业单位推行人员聘用制改革动员大会。下午局领导班子向市长张广宁汇报治水工程。

8月12日，听取局机关作风问题的调查汇报。

8月16日，了解截污工程进展不顺的问题。

8月29日，局党委召开事业单位竞争上岗工作会议。

9月1日，召开党建工作研讨会，有20个单位的书记参加研讨。

9月26日，研究第四季度党委工作重点。

9月27日，在南海蝴蝶酒店召开宣传思想工作座谈会。

10月25日，召开信息工作会议。

11月9日，研究2005年党政工作综合检查方案。

11月22日，组织机关进行为期8天的党政工作综合检查。

重点检查自来水公司、广园公司、园林设计院、煤气公司、园建公司等。

12月10日，参加隧道公司年终总结会。

2006年

1月11日，与市劳动保障局就公用事业高级技校移交问题达成协议。

1月，被聘为《中国行政管理》专家库专家、中国行政管理杂志理事、广东省行政管理学会理事。

1月至2008年12月31日，被华南理工大学聘为政治与公共管理学院兼职教授。

3月21日，在市中心区交通项目办调研。

3月28日，了解公选干部培养使用情况。

3月，《共产党员素质的构成与提升》论文获市“加强党的先进性建设理论研讨会优秀奖”。

4月27日，率公选办命题组成员到一五七医院封闭命题。

4月，主编《思想政治工作新视角》一书，由中央文献出版社出版。

5月31日，参加广东省行政管理学会2006年年会，被选为理事。

6月20日，参加顺德碧桂园新闻摄影讲座。

7月4日，考察武汉市城市道路收费管理中心。

8月14日，参加流花湖公园、绿化公司党内民主生活会。

8月，在纪念中国《市政》会刊创刊100期活动中，被评为优秀通讯员。

9月15日，召开局思想政治工作研讨会。

9月22日，主持局“十一五”规划专家论证会。

9月，《落实科学发展观关键是用好人才第一资源》论文，被中国城市经济学会授予优秀奖。

10月1日，《私人企业如何参与公共服务》刊登国务院《改革内参》2006年第28期。

12月25日，《自然垄断性行业协会生成与发展的机理分析》刊登国家行政学院《公共管理改革》第12期。

10月，《声誉：社会自治的重要机制》论文，被中国建设职工思想政治工作研究会园林分会评为优秀研究成果一等奖。

12月，率市政园林考察团，考察葡萄牙、西班牙、希腊、法国、土耳其等国。

《广州私人企业参与市政道路养护的问题与建议》，刊登《广州调研》第14期。

《私人企业参与公共服务的问题与建议》，在国家建设部主办的《中国市政》第8期发表。

2007年

1月，任广州市人民政府地方志办公室主任、地方志馆馆长、党组书记。

1月5日，举办2006年广州市地方志理论研讨会。

1月，市政协第十一届第一次会议提案《关于界定城市道路产权的建议》获通过。

1月，《重复博弈的合作与领导能力》刊登《中国行政管理》2007年第1期。

2月6日，检查《番禺市志》编纂工作。

2月8日，检查《黄埔区志》编纂工作。

2月12日，参加省地级市地方志办公室主任座谈会。

3月7日，研究2006年工作总结和2007年工作部署。

3月27日，召开广州市区（县）地方志工作会议。

3月28日，讨论地方志工作五年规划。

3月30日，向邬毅敏副市长汇报地方志工作。

4月3日，参加《广州市志》外经贸卷审定会，向总纂杨资元建议将《政府志》一分为二。一为《政府事务志》，一为《政府决策志》，得到大家赞同。

4月6日，研究《花都市志》有关问题。

4月9日，参加《市志》总纂会议。

4月18日，召开市地方志工作座谈会。

4月20日，参加市政协理论研究会第四届理事会第一次会议，被选举为本会常务理事。

4月23日，参加第五届全国中心城市地方志工作交流会。

4月，《政治博弈中的协商民主与协商机制》论文，被市政协理论研究会评为一等奖。

5月10日，参加越秀区志审查验收会议。

5月21日，参加市志卫生体育卷审定会。

5月22日，参加体育局地方志资料年报审稿会。

5月，《地方志质量控制体系研究》课题列入市哲学社会科学发展“十一五”规划课题。

6月26日，向甘新副市长汇报工作。

7月18日，参加计生局年报工作会议。

7月27日，研究续志与年报工作。

7月，《共产党员素质的构成与提升》论文，获中国区域经济发展研究院（全国）经济建设与和谐社会理论实践成果一等奖。

7月，专著《中国经济社会转型的理论思考》由光明日报出版社出版。

8月9日，召开市（区）志稿评议会。

8月20日，参加市政府召开的地方志编纂委员会全体会议。

9月4日，召开市直机关年报座谈会。

9月6日，布置《地方志质量控制体系研究项目》有关工作。

9月22日—23日，参加“明清时期广州城市与社会”学术研讨会。

9月28日，参加《萝岗年鉴》评审会。

9月30日，参加广州市城市勘察设计研究院年报评审会。

10月23日，召开行业协会年报试点座谈会。

12月4日，参加《政府决策志》编修工作会议，就该志编纂的意义、内容、要求发表了意见。

12月11日，召开新兴行业协会年报试点座谈会。

12月17日，在南昆山召开年报工作座谈会。

12月25日，检查民政局修志和年报工作。

12月，《重复博弈的合作与领导能力——一个分析管理困境的合作理论框架》论文，经中国改革与社会经济形势社科优秀成果评审委员会审核鉴定，授予社会优秀成果一等奖。

2008年

1月10日，参加市政协“知情问政”座谈会。

1月15日，召集农业局、文化局、民航中南地区管理局、中国对外贸易中心、市法院、轻工工贸集团、广日集团有关负责人座谈年报工作。

3月4日，在市检察院调研年报工作。

3月11日，在市科技局调研年报工作。

4月16日，陪同省志办陈强主任在天河区调研。

4月27日，参加市计生局年报工作总结。

5月13日，参加《从化市志》志稿专业评审会。

5月22日，参加湛江市《廉江市志》志稿点评会议。

6月2日，研究《广州改革三十年之最》编写工作。

6月17日，召开“志书质量控制体系”研讨会。

6月，“方志质量控制体系研究”课题研究报告通过市社科规划办审查验收。

7月4日，召开《汤国良文集》一书编辑部预备会议。

7月17日，在广州市《政府决策志》编写会议上发言，强调这是中国首部记述地方政府公共决策的志书，有创新意义。

7月23日，举办年报业务培训班。

8月19日，召开市志稿评议会。

8月20日，《陈济棠与蒋介石的政治博弈》刊登《广东史志之窗》第4期。

11月11日，召开本办读书心得交流会，畅谈学习甄炳昌（原地方志主任）《苦旅留痕》一书的体会。

11月12日，召开地方志系统信息工作会议。

11月13日，在荔湾区调研地方志工作。

11月20日，与亚组委办公室落实《亚运会志》编纂工作。

12月9日，参加省志办陈强主任主持珠三角市志办主任座谈会。

12月22日，率广州市地方志赴中美洲专业考察交流团，对加拿大、古巴、墨西哥进行为期12天的专业考察和交流活动。

是年，被广州市人民政府授予广州市第二轮修志工作先进个人。

2009年

2月，市政协第十一届第三次会议3005号提案《解决金花小区旧城改造遗留问题的建议》获通过。

2月20日，《修志依靠人民，成果人民共享》刊登《广东史志之窗》第1期。

7月15日，率《政府决策志》编辑部成员赴贵州省专访贵州省省长（广州市原市长）林树森。

8月2日—11日，率广州市地方志考察团赴台湾进行学术交流。

8月13日，率《政府决策志》主编、副主编专访广州市原市长黎子流。

8月31日，召开市志审定会，审定“党政群团”卷和“商业与服务”卷。

9月17日，成立《广州亚运会志》编纂委员会。

9月18日，出席《广州市志（1991—2000）》在广州市岭美彩印有限公司开印仪式。

9月，《重构民主协商公共决策机制》论文，被市政协评为优秀论文。

10月23日，出席在市体育局召开的《广州亚运会志》编纂工作动员大会。

10月，被中国科学社会主义学会、思想政治工作科学专业委员会授予“全国优秀思想政治工作先进个人”荣誉称号。

10月，专著《城市更新》由广东人民出版社出版。

11月10日，召开2009广州市地方志理论研讨会。

11月19日—30日，率地方志考察团赴匈牙利、斯洛伐克、波兰考察历史文化。

是年成立《珠江三角洲城市群年鉴》编辑部，正式启动编纂工作。

2010年

2月3日，在市地方志学会会员第四次代表大会上，被选举为学会会长，并在理事会首次设立口述史研究专业委员会。

3月8日，召开部分市属区县地方志办公室主任座谈会，谋划地方志事业可持续发展。

3月19日，召开《广州创新报告》编写培训工作会议，全市66个年报单位共84人参加培训。

3月，2009年广州市入载地方志十件大事评选结果揭晓。

3月，《影响地方志书质量的主要因素及其控制办法》，获广东省地方志理论研究优秀论文三等奖。

6月2日，《珠江三角洲城市群年鉴》编纂工作会议在市委常委会议室召开。标志着广州等9市合作编纂工作正式启动。

11月30日，被评为全国方志系统先进工作者。

12月31日，《珠江三角洲城市群年鉴》创刊号在广州举行首发式。广东省委书记汪洋为创刊号作序。

12月，《广州市志（1991—2000）》政权政务卷通过终审。至此，全志19卷全部通过终审。

2011年

1月26日，参加市政府召开的《荔湾区志（1991—2005）》、《增城市志（1994—2005）》终审会议，同意两部志稿通过终审。

1月，成立工作小组，修订《广州市地方志资料年报制度》。

2月，市政协第十一届第五次会议3016号提案《组成新的利益共同体，推进广州“三旧”改造》获通过。

3月，《重构民主协商公共决策机制》论文，获2010—2011年度中国社会经济发展优秀成果特等奖。

6月30日，率广州市地方志考察团，到瑞士考察历史文化保护。因获悉夫人查出甲状腺癌而提前回国。

9月18日—19日，参加在东莞市召开的《珠江三角洲城市群年鉴》2011编纂工作会议暨2011年珠三角城市年鉴运动会。

9月19日—20日，举办年报业务培训班，91个单位109名年报人员参加。

9月23日—24日，参加“辛亥革命与广州城市发展”学术研讨会。

10月，《广州市志（1991—2000）》全部完成出版，共10册1260万字。

11月7日，广州市政府第60号令公布《广州市地方志工作规定》。

11月23日，市政府举行《广州市志（1991—2000）》首发式。同日举办《广州市志》专家评论会，中指办、北京、上海、武汉市地方志专家相继发言。

2012年

2月，市政协第十二届第一次会议提案《关于鼓励社会精英参与社区居民自治的建议》《制止不文明乘客故意伤害地铁员工的建议》获通过。

5月9日，新制定印发《广州市地方志资料年报编写要求》。

5月17日—18日，举办地方志资料年报业务培训班，115名年报人员参加培训。

7月10日，参加市政府召开的广州市第七次地方志工作会议暨《广州非物质文化遗产志》编纂工作会议。

8月，印发《资料年报移交入库管理办法》。

8月，调整市志编委会和年鉴编委会，任“两会”副主任。

8月，偕夫人去澳门旅游。

8月，专著《广州发展纪事》由广东人民出版社出版。

9月23日—24日，参加“广州地方志与广州城市史”学术研讨会。

11月11日—16日，在广州举办第九届全国中心城市地方志工作交流会，来自全国28个城市108人参加会议。

11月26日—27日，举行经济类年报工作交流会，17个承报单位参加。

12月6日—7日，举行政治文化社会部类年报工作交流会，33位年报人员参加。

12月13日，《广州市地方志资料年报制度》经修改后，改称为《广州市地方志资料年报工作管理办法》，由市政府办公厅印发。

2013年

2月，市政协第十二届第二次会议5032号提案《关于提高环卫工人工资待遇问题》获通过。

3月25日，举办《广州非物质文化遗产志》编纂说明会暨签约仪式，与市非物质文化遗产保护中心、中山大学、广州大学等9个单位签订编纂协议。

6月，偕夫人去香港旅游。

9月24日，召开《广州地方志事业志》编纂工作动员大会。

4月26日，召开《广州年鉴》创办30周年座谈会。

5月2日，考察河南安阳、洛阳史志工作，游览云台山，欣赏洛阳牡丹。

5月12日，考察从化广裕祠，该祠为陆氏后人所建。当年陆贾夫凭三寸之舌说服赵佗归汉。

5月14日—15日，举办地方志资料年报业务培训班，110多人参加。

8月6日，举行“地方志成果齐共享”赠书仪式，并启动赠书月活动。

9月21日—22日，参加“广州十三行文献研究暨博物馆建设”学术研讨会。

10月7日，随家人游览梅州。诗记：秋阳普照雁南飞，桥溪古韵游人醉。驱车东去觅土楼，闽西遗产堪称奇。阴那山中烧把香，不求佛爷从自然。自古穷乡多奇志，更惊梅州出名辈。

10月31日，主持领导班子民主生活会。

11月15日，瞻仰中国第一个苏维埃红色政权旧址——海丰红场。

11月28日—29日，分部类举办年报工作交流会，46个年报单位共50人参加交流。

12月16日，考察宁波，品尝缸鸭狗汤丸。

12月17日，考察亚洲最大的私人藏书馆——天一阁。

12月18日，考察杭州胡文澜阁、胡雪岩故居、南宋御街。

12月20日，穗组干〔2013〕568号，市委批准免去王林生同志市地方志编纂委员会办公室（市地方志馆）党组书记、成员职务，办理退休。

12月30日，参观上海博物馆，游览年味渐浓的上海城隍庙。

是年主编的《广州创新报告》，由广东人民出版社出版。

2014年

2月25日，在政协大会发言时因无话可说，选择倾听和沉默，不料被广州日报记者当作新闻发表。

4月9日，与夫人及曹小穗一同游览安徽黄山、宏村——中国最美乡村。

7月7日，参观成都市内的宽窄巷。

7月10日，参观四川西南最早的客家古镇——洛带镇。

7月12日，参观成都建川博物馆，重温国共两党共同打败日本侵略者的历史。

8月7日，参观阳江“南海Ⅰ号”宋代沉船。

8月28日，参观番禺沙湾古镇。因何氏家族留耕堂而闻名。

9月4日—11月30日，参加广州老干大学摄影艺术基础（甲）班学习。

9月18日，在老家自己动手伐竹、劈篾、编织竹篮。

9月19日，游览瑞昌南阳江家岭古村落。

9月20日，朝拜黄梅弘忍创建的五祖寺。

9月23日，邀请初中同学（原瑞昌市人大常委会主任）陈世翔在赤湖钓鱼。

9月25日，在老家附近打柴，以备母亲过冬用。

11月2日，在院内龙眼树上为外孙女搭建小木屋，实现了她的梦想。

11月16日，朝拜六祖寺，此寺与光孝寺、南华寺被称之为广东三大佛教祖庭。

12月6日，在中山市陪外孙女做手工，给孔雀粘彩色羽毛。

2015年

2月1日，参加市政协第十二届第四次会议。

2月2日，在昨天问政时，指出："沙井盖不平希望有关部门整改"。被《信息日报》发表。

2月，市政协第十二届第四次会议提案《关于解决城市道路井盖凹凸不平问题的建议》获通过。

5月16日—23日，与夫人及曹小穗同游广西金秀瑶族自治县、融水苗族自治县的丹州，三江口。

6月16日，游粤桂两省交界的信宜市、罗定县。

7月22日—24日，带外孙女游览北京颐和园，登上大营盘古长城。参观卢沟桥及抗日纪念馆。

7月28日—31日，带外孙女游览微山湖、台儿庄、泰山、济南的趵突泉。

8月4日，参观马尾造船厂和船政学堂，瞻仰詹天佑遗像和林则徐公馆。

8月6日，参观泉州宏大壮观的开元寺、泉州海上交通博物馆、草庵（摩尼教传教场所）。

8月14日，参加南国书香节，为自己出版的《城市更新》《广州发展纪事》两部专著，向公众签名。

8月20日，从龙岗返回广州，穿过3300多米的潼湖大桥。这里留下了我青春的记忆。

9月9日，在乐昌找到妻子当兵所在地——189医院旧址。

9月24日，回老家过中秋节和国庆节。

9月26日，陪母亲回娘家看望刚出院的大表哥。

10月3日，游览瑞昌始建于宋代的龙泉寺。

11月22日，随家人游览顺德市逢简村水乡。

12月12日，在中山市石岐小学首次参加亲子（亲孙）活动。

12月25日，参加中共广州市委向离退休干部通报市委十三五规划的建议的会议。

12月30日，游览武宁县修水河及弥陀寺、桃花谷。

2016年

1月31日，参加市政协十二届第五次会议。

2月23日，在荔湾调研“最广州文化品牌”。

2月24日，参观荔湾区粤剧艺术博物馆。

2月，市政协第十二届第五次会议提案《建议把口述史纳入地方史志工作的组成部分》获通过。

3月25日，在从化温泉镇参加《扶贫志》志稿评审会。

3月，《第三轮修志框架设计的初步构想》刊登《羊城今古》第1期。

4月1日，参观田园诗鼻祖陶渊明故居祠堂。陶氏从东晋至今传承六十四世。

5月17日，游览南雄古城。

5月19日，替外孙女爸妈参加家长开放日，与外孙女同室听课。

6月28日，参加2015年度广州市入载地方志十件大事专家评审会。

7月19日，带外孙女游览杭州西湖、千岛湖。7月22日，参观上海中共一大会址。

10月3日，陪夫人去庐山东林寺。

10月13日，参加市直机关工委关心下一代工作委员会的培训。

12月9日，参加市政协第十二届最后一次会议，与政协领导和学文委委员合影留念。

12月24日，在江门市参加外甥陈桂军的婚礼。

12月25日，与瑞昌同乡在番禺竹水农庄过新年。

12月27日，参加在中山大学召开的国际口述史研讨会。会上我宣读了《口述史在地方志编纂中的应用》的论文，台湾学者作了点评。

2017年

1月15日—28日，在老家过春节。

3月30日，参加广州文史馆举行的《文史纵横》作者座谈会。

4月2日—6日，跟女婿自驾车回老家给已故亲人扫墓。途中游览赣江右岸的金滩古林。

5月17日，参加广州市地方志新馆开馆仪式。

6月2日，陪夫人去英国旅游，历时11天。

6月14日，参加2016年广州市入载地方志10件大事评选。

6月18日，同女儿、外孙女一家人到广州美术馆参观毕业生作品。

7月28日，参观广州市气象知识科普基地。

8月20日，偕夫人去甘肃、陕西自助游，历时12天。

9月9日，陪夫人去上海。

9月27日，参观广州啤酒博物馆。

10月1日，偕夫人回老家过国庆节。

10月28日，偕夫人去越南胡志明市旅游，历时5天。

11月25日，在白云山院内安装移动篮球架。从此可以在家打篮球了。

2018年

2月10日—26日，偕夫人在老家过春节。期间，审阅《广州扶贫志》，为其撰写概述和序。

3月，审阅《广州城市更新与改造志》，并提修改意见。

3月28日，偕夫人去日本大阪、京都、东京看樱花，4月2日回国。

4月23日，应朋友邀请，偕夫人去四川南充，游览阆中古城和朱德故居。26日，乘火车回老家扫墓。

5月，审阅《广州妇联志》，并提修改意见。

6月6日，首次偕夫人王向群及其同事曹小穗、庞爱萍自驾游，出广东梅州，游福建汀州古城、泰宁金湖甘露岩寺、大峡谷、和平镇、玉华洞，老家小住三日，继续游览三清山、龙虎山、兴国风水文化村——三僚村、赣州古城，历时12天，行程3500公里。

后记

人生就像行驶中的列车，当驶入花甲之年时，就像驶入终点站一样，不得不从列车上走下来。退休之后，赋闲在家，得以有空回忆整理自己的经历，也不失人生的一大乐趣。

往事并非如烟。那些珍藏在心中的记忆，如同闪烁在眼前的霞光，总是那样绚丽夺目。每每想起能为国家贡献自己的绵薄之力，心里总是充满了异样的激动。那些平凡而真实的经历，每一步都渗透着自己的心血，不论成功，还是失误，都是人生的真实写照！

从策划、收集资料到编辑成书，历经五年。期间，“三天打鱼，两天晒网”，玩玩耍耍，断断续续，终于大功告成，实现了人生又一个目标。

在此书编辑过程中，自始至终得到亲戚朋友的鼎力相助。既有整体的策划，也有章节的调整；既有资料的收集，也有文字的整理。特别值得一提的是，我的外甥女周慧琴为了找回40年前失散的文章，专门跑到中山大学图书馆，如同大海捞针，从浩瀚的报刊资料中找到那篇通讯；另一个外甥女周键聪，毕业于北京师范大学硕士研究生。她在繁忙的工作中，承担了本书的文字编辑工作。我的小妹王凤元、妹夫魏瑞华为部分文章进行扫描、校对，并提供电子版。我的同事杨宏伟、骆永祯、张丽蓉、郭耀美，为本书的资料收集，贡献了宝贵时间。还有我的身患疾病的妻子王向群，为了让我安心写作，默默替我分担了日常家务。正是他们的无私奉献，才使我最终完成了本书的写作。特别要感谢广东人民出版社总编辑钟永宁先生，他从专业角度，对我这本书的结构、编辑思路乃至书名，无私地贡献了自己智慧。在此，我只能向大家说一句谢谢！让历史在记住我的同时，也记住他们的名字吧。

写于白云山盈祥居

2019年5月28日